时习文库

诗品

〔南朝梁〕钟嵘 著

萧华荣 译注

齊魯書社

·济南·

图书在版编目（CIP）数据

诗品 / (南朝梁) 钟嵘著 ; 萧华荣译注. -- 济南 : 齐鲁书社, 2025. 5. -- ISBN 978-7-5333-5128-1

Ⅰ. I207.22

中国国家版本馆CIP数据核字第20251SR673号

出 品 人：王　路
项目统筹：张　丽
责任编辑：王江源
装帧设计：亓旭欣

诗品
SHIPIN
〔南朝梁〕钟嵘　著　萧华荣　译注

主管单位	山东出版传媒股份有限公司
出版发行	齐鲁书社
社　　址	济南市市中区舜耕路517号
邮　　编	250003
网　　址	www.qlss.cn
电子邮箱	qilupress@126.com
营销中心	（0531）82098521　82098519　82098517
印　　刷	山东临沂新华印刷物流集团有限责任公司
开　　本	710mm × 1000mm　1/16
印　　张	13
插　　页	2
字　　数	131千
版　　次	2025年5月第1版
印　　次	2025年5月第1次印刷
标准书号	ISBN 978-7-5333-5128-1
定　　价	49.00元

《时习文库》
专家委员会

《时习文库》
出版委员会

出版说明

文化乃国本所系，国运所依；文化兴盛则国家昌盛，民族强大。在源远流长的中华文化长河中，经典古籍宛如熠熠星辰，承载着先辈们的智慧、思想与情感，是中华民族精神内核的深厚积淀。

2017 年以来，中共中央办公厅、国务院办公厅相继出台《关于实施中华优秀传统文化传承发展工程的意见》及《关于推进新时代古籍工作的意见》等重要文件，有力推动了大众对中华优秀传统文化的关注与重视，古籍事业亦借此良好契机，迎来了前所未有的跨越发展，步入了一个崭新的黄金时代。齐鲁书社作为文化传承的重要阵地，始终秉持对中华优秀传统文化的敬畏之心，肩负守正创新之使命，积建社四十余年之精华，汇国内学界群贤之伟力，隆重推出中华经典名著普及丛书——《时习文库》。

“学而时习之，不亦说乎？”文库之名，正是源自《论语》的这句经典语录。“时习”不仅是对知识的反复学习与实践，更是一种对中华优秀传统文化持续探索、深入理解的态度。文库共分为文化类和文学类两大辑，囊括了经史子集、诗词歌赋、戏曲小说等诸多经典，旨在为读者搭建一座通往中国古代文化瑰宝的坚实桥梁。文库的编纂宗旨在于，引导读者在阅读经典著作的过程中，将学习与思考深度融合，不断从古人的智慧海洋中汲取营养，从而得到心灵的润泽与智慧的启迪。通过对经史子集、诗词歌赋、戏曲小说等多元内容的系统整理与精良审校，让中华古籍真正成为可亲、可读、可传的“活的文化”。

为了确保文库的品质，我们除升级广受好评的原有经典版本作为开发基础外，亦精选其他优质底本，以确保版本选择的卓越性；文库会聚文史学界权威，如高亨、陆侃如、王仲荦、来新夏等学界大家，群贤毕至，各方咸集；文库延聘名家成立专家委员会，严格把控丛书质量，确保学术水准；文库针对不同层次读者，精心设计文化类与文学类品种：前者左原文右译文下注释，后者文中加简注评析，实用性强；文库采用纸面布脊精装，正文小四号字，双色印刷，装帧精美，版面舒朗，典雅大方，方便易读。

在习近平文化思想指导下，《时习文库》的出版是对中华优秀传统文化“两创”“两个结合”的一次重要尝试。我们希望通过这套文库，让更多的人了解和喜爱中国古代典籍，让中华优秀传统文化在新时代焕发出新的生机与活力。同时，我们也期待广大读者在阅读文库的过程中，能够与古圣先贤进行跨越时空的对话，汲取智慧，启迪心灵，不断提升自我的文化素养和精神境界。让我们一起在经典的海洋中遨游，感受中华文化的博大精深，共同书写中华优秀传统文化传承与发展的新篇章。

齐鲁书社

2025 年 3 月

前　言

钟嵘是齐梁时期杰出的文学理论与批评家，他的《诗品》是我国古代第一部诗歌批评专著，在古代文学理论与批评史上产生过深远的影响。

一、钟嵘的生平与《诗品》

钟嵘，字仲伟，大约于南朝宋明帝泰始四年（468）[①] 生于颍川长社（今河南长葛东）。他的七世祖钟雅在东晋官至散骑侍郎、尚书右丞，死后追赠光禄勋，其子钟诞曾任中军参军[②]。以下数代史书没有记载。钟嵘的从祖父钟宪在南齐时任正员郎[③]，父亲钟蹈为齐中军佐，有文集十二卷[④]，已佚。兄钟岏，字长岳（一作“长

① 关于钟嵘的生年，迄无定论。王达津认为是468年（见1957年8月18日《光明日报·文学遗产》载《钟嵘生卒年代考》），段熙仲认为是466年（见《文学评论丛刊》第五辑载《钟嵘与〈诗品〉考年及其它》），主要依据都是《梁书》及《南史》钟嵘本传所载钟嵘曾于485年（齐永明三年）入国子学一事。据当时规定，诸生入学年龄在十五至二十之间。依王说，钟嵘时年十八；依段说，时年二十。但据《南齐书·周颙传》可以推知，钟嵘与兄钟岏是同时入学的（推证从略）。那么，是年钟岏必不会超过二十岁，钟嵘更不会是二十岁，则段说不能成立，而以王说为长。

② 《晋书·钟雅传》。

③ 见本书卷下。

④ 见《隋书·经籍志》。

丘”），官至府参军、建康平，著《良吏传》十卷，已佚；弟钟屿，字季望，官至永嘉郡丞，梁天监十五年曾参与编纂类书《遍略》[①]。钟嵘出身士族[②]。

齐永明三年（485），钟嵘与兄钟岏同入国子学。他因熟谙儒家经典《周易》，得到国子祭酒（相当于校长）王俭的赏识，举荐为秀才。永明五年，竟陵王萧子良移居鸡笼山（在今南京市，现鸡鸣山）的“西邸”，招致文学之士，成为当时文人经常出入聚会的场所。他们的骨干分子有沈约、谢朓、王融、萧琛、范云、任昉、陆倕、萧衍（梁武帝），号为“竟陵八友”。其中沈约、谢朓、王融是讲究音律声病的“永明体”诗（“新体诗”）的创始人，任昉、王融是当时注重用典的“事类诗”的代表人物。那时钟嵘正在京都，可能也曾出入“西邸”，与谢朓、王融以及被称为“西邸”文人的“后进领袖”刘绘[③]都有交往，并讨论过诗歌创作与批评问题[④]。这对钟嵘后来写作《诗品》、批评“永明体”诗和“事类诗”很有影响。

建武（494—498）初，钟嵘开始步入仕途，先是任南康王侍郎，后又改任抚军行参军、司徒行参军等职。建武三年（496）[⑤]，他曾上书建议齐明帝不必亲自一一过问琐碎事务，应当“量能授职”，使官员各任其责。他的意见未被采纳。萧衍建梁（502）后，他又一次上书主张处理军官中士族、寒门混杂的状况，被付于有司

---

① 见《梁书》《南史》钟嵘本传。

② 钟氏系颍川望族。《唐贞观八年条举氏族事件》于“颍川郡七姓”中有钟氏一姓。《姓解》亦云：“颍川钟氏。”（见《文史》第九辑王仲荦《〈唐贞观八年条举氏族事件〉残卷考释》）又，本书卷下评谢超宗等七人条说该七人“得士大夫之雅致”，其中包括钟嵘从祖父钟宪，而当时唯有出身士族方可称“士大夫”。以上可证钟嵘系士族出身。

③ 见《南齐书·刘绘传》。

④ 见本书卷中《齐吏部谢朓》条。

⑤ 见《资治通鉴·齐纪六》。

部门施行。这件事，明显地反映出他的士族意识。

梁天监三年（504），衡阳王萧元简出任会稽（治今浙江绍兴）太守，引钟嵘为其记室（掌管文书的官职），一直到天监十三年。在此期间，何胤隐居会稽若邪山，与萧元简过从甚密，后迁秦望山，筑室而居。有一次山发洪水，漂拔树石，而此室独存。钟嵘为之写《瑞室颂》，辞甚典丽。十三年（514），萧元简回京任给事黄门侍郎，钟嵘可能也随之回京。在这之前，天监十二年，沈约逝世。《南史·钟嵘传》说："嵘尝求誉于沈约，约拒之。及约卒，嵘品古今诗为评，言其优劣。"可知《诗品》写于沈约死后。《诗品》序说："其人既往，其文克定，今所寓言，不录存者。"明言所评论的诗人俱已过世。《诗品》所评的梁代诗人，其卒年可考者，以沈约为最迟。因此，《诗品》大概写于514年钟嵘回京师之后。

天监十七年（518），钟嵘任晋安王、西中郎将萧纲（梁简文帝）记室，不久去世。

由上述简略的生平事迹可以看出，钟嵘在青少年时代受到过儒学的熏陶，他的思想基本属于儒家思想。《诗品》的主导思想也基本属于儒家思想，但钟嵘对于诗的某些艺术规律和美学特征的阐述越出了传统儒家文学思想的樊篱。钟嵘的士大夫阶级意识在《诗品》中也有所体现，主要是重"雅"轻"俗"的审美趣味和偏见，但他基本上忠于他所理解的艺术规律，并恪守其批评标准，未用政治上的门阀等第代替文学评价上的等第。他把许多出身寒门的诗人列入《诗品》的评论范围，把家世寒微、政治上沉为"下僚"的左思提到艺术殿堂的"上品"，而许多世家子弟、达官贵人以至于皇帝却被置于"下品"。他评鲍照说："嗟其才秀人微，故取湮当代。"对这位出身寒门而被埋没的诗人给予了同情和叹惋，这都说明他在一定程度上突破了士族观念的局限。

中国古代的文学发展到魏晋进入“自觉时代”，许多探讨文学本质特征和艺术规律的论著相继出现，如曹丕《典论·论文》、陆机《文赋》、陆云《与兄平原书》、挚虞《文章流别论》，等等。齐梁时期，这种探讨达到高峰。稍早于《诗品》，出现了体大思精的《文心雕龙》[①]。从主导倾向来看，如果说《文心雕龙》基本是一部文学理论专著，则《诗品》基本是一部文学批评专著，它致力于对作家与作品的评论、分析、评价，探讨其风格流派，揭示其艺术特色，比较其优劣高下；《诗品》序则是全书进行诗歌批评的理论纲领。《诗品》所评论的仅限于五言诗一种体式。五言诗自汉代产生以后，越魏晋而至齐梁，已经成为诗坛的主要形式，但在人们的观念中仍然处于被轻视的地位，如挚虞认为：“雅音之韵，四言为正；其余虽备曲折之体，而非音之正也。”[②] 甚至刘勰也说：“若夫四言正体，则雅润为本；五言流调，则清丽居宗。”[③] 都把传统的四言形式奉为正宗，把起自民间的五言视为别调。钟嵘一反习见，肯定和称赞了五言诗这种新形式：“五言居文词之要，是众作之有滋味者也，故云会于流俗。”《诗品》评论了汉魏至齐梁的一百二十多位五言诗人，分置于上、中、下三卷中。卷上十二人（古诗按一人计），是为“上品”；卷中三十九人，是为“中品”；卷下七十二人（江祏与其弟按一人计），是为“下品”；每卷卷首都有一篇序言。

《诗品》之作，旨在针砭齐梁颓靡诗风。“齐梁间诗，彩丽竞繁而兴寄都绝。”[④] 由于上层统治者的带头提倡，当时的诗歌往往只在形式技巧上斗奇逐胜，内容空虚。钟嵘对这种讹滥的情况甚为不

---

① 现在一般认为《文心雕龙》成书于齐梁之际，约501年。

② 《文章流别论》。

③ 《文心雕龙·明诗》篇。

④ 陈子昂《与东方左史虬修竹篇序》。

满，在《诗品》序中给予了批评，指出创作上的无病呻吟、庸音杂体，批评上的缺乏标准、信口雌黄，严重阻碍了诗歌的发展。钟嵘受到刘绘的启示，为了给批评者提供“准的”，便写了这部《诗品》。“疾淆乱”是他诗歌批评的出发点与核心，是其诗歌批评富有战斗性的表现。

《诗品》本名《诗评》，隋代已有两个名称，唐宋时期也是两个名称并行，宋代以后便只有《诗品》一个名称了。

二、钟嵘诗歌批评的理论

《诗品》序着重阐述了诗的性质、批评标准、内容、方法以及其他相关问题，是全书进行诗歌批评的理论纲领。

（一）钟嵘论诗的性质

对诗独特的本质属性的理解是诗歌批评的理论基石。魏晋以来，人们往往通过“文体辨析”来认识和阐发诗的有别于其他文体的特性，如曹丕比较了“奏议”“书论”“铭诔”“诗赋”等“四科”的不同特点，指出“诗赋欲丽”[①]，陆机则比较了诗、赋、碑、诔、铭、箴、颂、论、奏、说十种文体，认为“诗缘情而绮靡”[②]。钟嵘也是通过把诗与其他文体做比较认识其特性的。他认为诗不同于“经国文符”“撰德驳奏”一类应用文体，它是抒发感情的，不注重征引典故。“吟咏情性”便是钟嵘对诗的性质的理解。

钟嵘认为诗所“吟咏”的“情性”并不是什么主观自生的东西，而是来自客观外界的触发。首先是自然界。“气之动物，物之

① 《典论·论文》。
② 《文赋》。

感人，故摇荡性情，形诸舞咏。”“春风春鸟，秋月秋蝉，夏云暑雨，冬月祁寒，斯四候之感诸诗者也。”四季节候的变化引起自然万物的变易，这种变易又触动人们的情思，发为吟咏，形为诗篇。如果说自然景象能够引发诗兴之说并不是钟嵘的创见①，那么他却较早较详地论述了社会生活对诗的感召作用。社会生活中的种种悲欢离合、宠辱忧喜，同样可以成为诗歌产生的触因，这是钟嵘对古代诗歌理论的重要贡献。他所列举的形形色色人生遭际，大部分含有哀怨不平之情，反映出封建社会苦多欢娱少的现实。但是，各种各样的怨情，又大抵是贤士失志、英雄失路的悒郁情怀，而没有提到如同民歌中反映的“饥者歌其食，劳者歌其事”的情，表现出士大夫阶级的情趣与局限。

既然诗所“吟咏”的“情性”是由自然界和社会生活的客观外物所引发，那么在进入具体创作过程时，便要“穷情写物”。就是说，要把“即目”“所见”的活生生的现实事物以及由之所引发的真挚情感紧密结合起来，通过“兴”“比”“赋”三种手段，创造渗透着感情的艺术形象，从而引起读者的感情共鸣，达到“陶性灵，发幽思”的社会效果。因此，在具体分析、评价作家作品时，钟嵘也常常以感情的有无、强弱作为重要的观察点，如“意悲而远”（古诗）、“文多凄怆”（李陵）、“怨深文绮”（班姬）、“情兼雅、怨”（曹植）、“发愀怆之词”（王粲）、“文典以怨”（左思）、“多感恨之词”（刘琨）、“辞多慷慨”（郭璞）、“孤怨宜恨”（郭泰机）、“情喻渊深”（颜延之）、“长于清怨”（沈约）、“有感叹之词”（班固）等，都是肯定的评语。总之，对感情的要求，贯穿在诗的感发、创作、欣赏、批评的各个环节中。情由物兴，诗由情生，

① 钟嵘之前便有人指出，如陆机《文赋》：“遵四时以叹逝。”《文心雕龙·物色》篇：“春秋代序。”

诗以写情，情以感人，这是钟嵘“吟咏情性”说的全部内容。

钟嵘关于诗要“吟咏情性”的提法，出自秦汉时儒家的《毛诗序》[①]：“国史明乎得失之迹，伤人伦之废，哀刑政之苛，吟咏情性，以风其上。”《毛诗序》之前，先秦儒家持“诗言志”说。“志”在当时有“怀抱”“意向”等意，主要指政教风化、道德伦理[②]。它有强调诗的社会功用和思想性的合理因素，却不承认诗的抒情性。《毛诗序》首先把“情”的观念引入诗论：“诗者，志之所之也。在心为志，发言为诗，情动于中而形于言。”一方面仍然承袭“诗言志”说，而又于“在心”的“志”与在外的“诗”之间增加了一个“情”的中间环节，认为诗是“志”因“情动”而由内向外的表露。这是很有见地的。其“情”“志”并提，抒情性、思想性兼顾，也是一个很大的进步。但其根本缺陷是把二者割裂开来，在具体解释《诗经》作品的主题思想时，离开该诗本身的感情形象，牵强附会以合于儒家的义理。魏晋时期，随着思想的解放和文学创作实践的发展，陆机提出了“诗缘情”说，十分强调诗的情感性，摆脱了儒家义理对诗的束缚和牵附，反映了诗歌理论新的进展，但同时也有偏颇，即轻视了诗的思想性和政治作用。普列汉诺夫说：“说‘艺术只表现人们的感情’，这一点也是不对的。不，艺术既表现感情，也表现思想，但是并非抽象地表现它们，而是用生动的形象表现它们。而艺术的主要的特点就在于此。”

钟嵘采用《毛诗序》的提法不是偶然的。自陆机作《文赋》以来，虽然“诗缘情”说已颇流行，但仍有人对诗的抒情性认识不

① 《毛诗序》分“大序”“小序”。大序是一篇诗论；小序在《诗经》各首诗之前，是对该诗主题思想的解说。《毛诗序》的时代与作者，说法不同，有人认为是春秋时子夏所作，有人认为是东汉卫宏所作，现在多认为是秦汉之际所作。

② 参见朱自清《诗言志辨》。

足。有的诗只重文采，汩没了感情，即“繁采寡情”，“体情之制日疏，逐文之篇愈盛”①。再如当时以裴子野为代表的“古体派”，对诗歌“摈落六艺（儒家经典），吟咏情性”甚为不满，主张回到“王化”“礼义”“劝善惩恶”的“诗言志”的规范上去，表现出复古保守的倾向②。因而，仍要强调诗的抒情特征。另一方面，齐梁时期诗歌创作更严重的问题是缺乏思想性，“彩丽竞繁而兴寄都绝”。钟嵘在具体评论作家作品时，常常强调“讽谕”“激刺”“风规”“怀寄”等，便是对《毛诗序》与儒家传统诗论重视诗的思想蕴蓄和政治功用的合理方面的继承。但他的“吟咏情性”说绝对不是对《毛诗序》的简单重复。他把“情”与“志”、艺术的美感特征与功利作用即艺术的美与善统一起来了，这就是通过艺术欣赏，统一在“滋味”的审美效果上。他虽然直接引用了《毛诗序》“动天地，感鬼神，莫近于诗”的句子来言诗的“惊心动魄”的艺术感荡力量，却又舍弃了此句上文的“正得失”和下文的“经夫妇，成孝敬，厚人伦”等牵强附会的儒家说教，表现出他已认识到诗的感染作用如实地存在于诗固有的感情形象之中。

（二）钟嵘论诗歌批评的标准

钟嵘反对那种“随其嗜欲”“准的无依”的主观任意的文学批评，主张有一个可以共同依据的客观的标准，才能矫革“淄渑并泛，朱紫相夺”的混乱现象。他批评有些作者对自己的作品尽管“独观谓为警策”，但“众睹终沦平钝”，认为多数人能够共同承认的标准毕竟是存在的。那么，这个标准何在呢？他接下去写道：

① 《文心雕龙·情采》篇。
② 见《雕虫论》。

昔九品论人，《七略》裁士，校以宾实，诚多未值。至若诗之为技，较尔可知，以类推之，殆均博弈。

这段话意谓：品评人物往往名不符实，但较为确当地评论诗歌不难做到，因为诗是通过一定的“技”即艺术构思与表现手段创造出来的，如同“博弈”之术那样有一定的客观规律可循。也就是说，他认为诗歌批评的标准包蕴在诗歌创作的艺术规律之中。实际上，他也正从诗的艺术美的创造过程以及对这种艺术美的欣赏入手，归纳出了自己的审美批评标准。

第一，他提出对诗的美感要求，“有滋味”。他认为五言诗流行，就是因为“有滋味”。他批评玄言诗“淡乎寡味”。作为艺术美感的“滋味”，无非是指作品中有着深厚动人的感情蕴蓄，能够引起读者的激动、联想与回味。西晋陆云说：“兄前表甚有深情远旨，可耽味，高文也。”[①] 宋王微说：“文词不怨思抑扬，则流澹无味。”[②] 刘勰也说：“繁采寡情，味之必厌。”他们都认为“味”是由“情”决定的。

第二，怎样使作品“有滋味”？这就要能够“指事造形，穷情写物”。为此，就必须运用“兴”“比”“赋”三种艺术手段，这也便是“诗之为技”的“技”。钟嵘对“兴”“比”“赋”的理解与前人不尽相同。他认为“赋”法是“直书其事，寓言写物”，除“直书”即目所见的现实事物外，还要寄托自己的思想感情。这样，“赋”就兼有了“比”“兴”的特点。清代刘熙载指出：“《风》诗中赋事，往往兼寓比兴之意，钟嵘《诗品》所由竟以‘寓言写物’

① 《与兄平原书》。
② 《与从弟僧绰书》。

为赋也。赋兼比兴，则以言内之实事，写言外之重旨。”[①] 所谓“言外之重旨”，便是“有滋味”。钟嵘要求“比”法能够“因物喻志”，不是一般的“打比方”。这样，“物”不再是单纯的“物”，而是有情志包蕴其中；“志”也不再是赤裸裸的“志”，而是以物出之。感情形象化了，形象情感化了。这样，情物交融的形象能够引起读者的激动，产生“滋味”美感。钟嵘释“兴”为“文已尽而意有余”，是从创作与欣赏两个方面讲的。从创作角度看，“兴”是使“文已尽而意有余”的那种艺术手段。钟嵘“明《周易》”，并可能受到魏晋清谈“言意之辩”的影响。魏清谈家王弼《周易略例·明象》篇说：“故言者所以明象，得象而忘言；象者所以存意，得意而忘象。”“言”“象”“意”三者，“象”是关键，“象”以“言”明，“象”以存“意”。钟嵘“文已尽而意有余”的“文”“意”之间，也有一个“物象”（不同于《周易略例》中的“象”，但相通）。“文”描写“物象”（客观外物的形象），“物象”（作品中主观化了的艺术形象）蕴藏着无穷的意味。这样，从读者欣赏角度上说，就会通过这“意象”，“披文入情”“情生于文”，引起联想，感到“意有余”即“有滋味”。总之，创造“有滋味”美感的“兴”“比”“赋”三手段，归根结底不过是要处理好主观的“情”与客观的“物”的关系，使之浑然一体，寓情于物，因物见情，物情相生，含蓄有味。

第三，通过赋、比、兴“穷情写物”所创造出的“滋味”美感，还不是最理想的艺术美。钟嵘认为，在此基础上，“干之以风力，润之以丹采，使味之者无极，闻之者动心，是诗之至也”。只有以“风力”为作品内容上的骨干，以“丹采”为形式上的润饰，

① 《艺概·赋概》。

从而使读者产生的审美想象深邃而广远，审美感受惊心而动魄，才是最优秀的诗篇。这便是钟嵘的审美理想，而形成这种理想的艺术美在内容上的要素“风力”和在形式上的要素“丹采”，便是他的审美批评标准。

“风力”是对“穷情”的要求，是指那种饱满、慷慨而又含有“讽谕”精神的思想感情，钟嵘以此为评论作品内容上的标准，无疑有着针砭当时感情柔靡、思想贫乏的诗风的目的；他倡导“建安风力”，也意在引导诗歌创作发扬建安文学内容充实、感情豪壮的优良传统。“丹采”是对“写物”的要求，即以鲜明的文采描绘事物。这虽受到当时普遍注重文采的时代风尚的影响，但适度注意文采优美，使形象鲜明，一般说来，也并不违背诗歌创作规律。

（三）钟嵘论诗歌批评的内容、方法

文学批评的具体内容是什么？它怎样运用一定的审美标准进行批评，以澄清淆乱、指导创作？对此，钟嵘是从它与文学理论以及诗、文集的比较中认识和阐述的。他认为文学批评与文学理论的任务不同。《诗品》序说：“陆机《文赋》，通而无贬；李充《翰林》，疏而不切；王微《鸿宝》，密而无裁；颜延论文，精而难晓；挚虞《文志》，详而博赡，颇曰知言。观斯数家，皆就谈文体，而不显优劣。”这里所列举的论著，“皆就谈文体”，所研究的是有关文学作品的体裁及其写作特点等问题，一般说来，属文学理论的范畴。陆机的《文赋》，主要“论作文之利害所由”，其中也谈到“体有万殊，物无一量”，论述了诗、赋、碑、诔等十种文体的不同风格与特点。李充的《翰林论》、挚虞的《文章流别论》，就现存的佚文看，主要论述各种文体的写作特点与发展源流。颜延之的论文之作和王微的《鸿宝》内容不详，当也与文体理论有关。钟嵘给《诗

品》规定了不同于此的任务：它主要不是研究各种文体的性质、特点和规律，而是要“显优劣”，即评价作家艺术成就与文学史地位的高下。这样，就把文学批评与文学理论区分开来。

钟嵘认为文学批评与诗、文集也不同。他说：“至于谢客集诗，逢诗辄取；张隐《文士》，逢文即书。诸英志录，并义在文，曾无品第。”谢灵运编纂《诗集》，张隐编撰《文士传》，都着眼于作家作品，也并不做等第高下的评判。《诗品》作为文学批评专著与这种诗、文集也不同，要论作家的“品第”。论“品第”与“显优劣”实际上是一回事，都是指对作家进行比较与评价。评论作家当然不是凭空而来，而是要“校以宾实”“课其实录”，所依据的还是具体作品。对作家的评论实际上是对作品的评论，评论作家品第实际上是建立在对作品的“品味”的基础上的。因此，钟嵘进一步写道：“嵘今所录，止乎五言。虽然，网罗今古，词文殆集。轻欲辨彰清浊，掎摭病利，凡百二十人。”“辨彰清浊”与“掎摭病利”是对于作品而言的，是借以评价作家高下的两个具体方面，是“显优劣”的基础。“辨彰清浊”又称为“致流别”，要划分作家作品的风格流派和源流关系，纠正“淄渑并泛”的混乱现象；“掎摭病利”就是对作品的成败得失、优点缺陷进行艺术分析。

总之，“致流别”即探讨作家的风格流派，“掎摭病利”即对作品进行艺术分析，“显优劣”即评价作家的成就高下，是《诗品》诗歌批评的全部内容和方法。《诗品》正文的具体批评条目，就其较为完备的来说，都按“致流别—掎摭病利—显优劣”的顺序展开。试以卷上《魏文学刘桢》条为例：“其源出于‘古诗’（‘致流别’）。仗气爱奇，动多振绝。贞骨凌霜，高风跨俗。但气过其文，雕润恨少（‘掎摭病利’）。然自陈思以下，桢称独步（‘显优劣’）。”

三、钟嵘诗歌批评的实践

《诗品》正文上、中、下三卷（三品），是钟嵘诗歌批评的具体实践，如前所述，它主要从“致流别”“掎摭病利”“显优劣”三个方面进行。

（一）“致流别”——探讨风格流派

魏晋以来，随着“文体辨析”即对不同文体风格特点研究的深入，时人转入对作家个人风格的研究。到齐梁之时，又以联系与比较的眼光从纵、横方面考察作家之间的风格源流和影响，这就涉及风格流派问题了，如沈约《宋书·谢灵运传论》把汉魏时期的作家分为以司马相如、班彪与班固、曹植与王粲为代表的三个流派；萧子显《南齐书·文学传论》认为齐梁时期文学创作有三个流派：一派出于谢灵运，一派出于傅咸、应璩，一派出于鲍照。钟嵘则做了进一步的尝试，将汉魏至齐梁五言诗人的风格源流和递相师祖的情况具体分析，从而考察某些诗风的渊源所自、流变之渐和矫讹之途。

《诗品》卷上评“古诗”：“其体源出于《国风》。”评谢灵运：“其源出于陈思，杂有景阳之体。”卷中评沈约：“详其文体，察其余论，固知宪章鲍明远也。”综观这些评语，可知他以“体”作为辨析作家作品渊源流变的观察点。“体”字用在文学理论和批评上，主要有两种含义：一是指作品的体裁、样式及其特点，二是指作家的风格，如“谢灵运体”“吴均体”等。《诗品》的评论对象仅限于五言诗一种体裁，其源头《国风》《小雅》《楚辞》都非五言形式，显然，钟嵘的“致流别”是从风格上着眼的。

《诗品》中明确指出“源出于某”“祖袭某”“颇似某”的共

三十七人（“古诗”按一人计），可以看出，钟嵘认为五言诗共有三个源头：《国风》《小雅》《楚辞》。其中源出于《小雅》的仅阮籍一人，因而实际上只有《国风》《楚辞》两大主要源头。另外还可以看出，五言诗发展到“彬彬之盛，大备于时”的建安时代及其后，由两大源头分为以曹植、刘桢（《国风》系）与曹丕、王粲（《楚辞》系）领起的四个流派。钟嵘以什么为依据划分《国风》《楚辞》两大系统及其后的四个流派呢？或者说，它们各自的特点是什么？由于他的划分不够严密，又语焉不详，这个问题不容易回答，且就其主导倾向尝试言之。

曹植是钟嵘推崇备至的诗人之“圣”，对曹植的评语可以为我们提供解决这个问题的“钥匙”：“其源出于《国风》。骨气奇高，词采华茂，情兼雅、怨，体被文、质。”我认为“雅”“怨”“文”“质”就是钟嵘“致流别”的主要着眼点。刘勰在《文心雕龙·通变》篇讲继承与革新说：“斟酌乎质、文之间，而檃括乎雅、俗之际，可与言通变矣。”其着眼点是“雅”“俗”“文”“质”，与钟嵘大体相同。“情兼雅、怨”指曹植诗除具有雅正之情外，还兼有怨悱之情。钟嵘以“雅”作为《国风》系的基本特点，因为《国风》所属的《诗经》是儒家经典，是“风雅正宗”。刘勰也说：“是以模经为式者，自入典雅之懿。”[①]《国风》系的作家，大都沾有一点儿“雅”。曹植自不待言。卷下评谢超宗等人说：“檀、谢七君，并祖袭颜延，欣欣不倦，得士大夫之雅致乎！”又认为他们“传颜、陆体”。可见陆机、颜延之以及谢超宗等七人都有“雅致”。左思诗“文典以怨”，“典”也就是“雅”。“怨”则是《楚辞》系的基本特点。其鼻祖屈原的作品，本就“盖自怨生也”[②]。

① 《文心雕龙·定势》篇。

② 《史记·屈原传》。

此后，李陵“文多凄怆，怨者之流”，班姬“怨深文绮”，王粲“发愀怆之词”，刘琨、卢谌“善为凄戾之词”，沈约“长于清怨”。以上是就两系的主导倾向而言，很难求之于每个作家。“雅”是古代士大夫阶级传统的审美情趣，用在文学理论批评中，常指“宗经”“劝导”“婉转”“讽谕”的诗文体性，与钟嵘的“风力”标准是有内在联系的[①]；“怨”是哀怨失意之情。钟嵘以“雅”“怨”区分两系虽不能说毫无道理，但基本上承袭传统的观念。“雅情”与“怨情”既然都是“吟咏情性”，所以钟嵘都给予肯定的评价，但又更重“雅”些，反映出“宗经”的倾向。我们今天一般认为，《国风》的主要倾向是现实主义，《楚辞》的主要倾向是浪漫主义，钟嵘当然不可能认识到这一点。

“文”“质”二字连用，在古文论中有两种含义：一是指形式（“文”）和内容（“质”），一是都指形式而言，即华丽的文风（“文”）与质实的文风（“质”）。这两种含义其实是互相沟通、互相显现，往往兼而言之的。钟嵘区分四个流派，显然是从“文”“质”着眼的。《国风》系曹植一派包括陆机、谢灵运、颜延之等人，辞采“华茂”（曹）、“华美”（陆）、“富艳”（谢）、“绮密”（颜），钟嵘又认为他们作品的内容也很充实，特点是文质“彬彬”；刘桢一派包括左思，或“雕润恨少”（刘），或“野”（左），特点是“质胜于文”。《楚辞》系曹丕一派包括应璩、嵇康、陶潜，语言“鄙直”（曹）、“善为古语”（应）、“讦直”（嵇）、“质直”（陶），也是“质胜于文”；王粲一派大都很“华艳”“妍冶”，特点是“文胜于质”。刘勰认为“效《骚》命篇者，必归艳逸之华”，钟嵘似乎也有这种看法。四派之中，钟嵘对曹植一派评价最高，与

① 参看伍蠡甫《谈艺录·再论中国绘画的意境》。

他的“风力”与“丹采”即内容与形式并重的批评标准是一致的。

同一流派中的作家是怎样继承和新变的？这个问题钟嵘也未正面阐述，但我们可以从他的评语中看出来。他评论作家时，往往先讲继承，再讲新变。曹植诗“骨气奇高，词采华茂”，主要是对《国风》的继承，“情兼雅、怨”的“怨”又有《楚辞》系的特点，是其新变。“其源出于陈思”的陆机诗“举体华美”，继承了曹植“词采华茂”的特点，但又“尚规矩，贵绮错，有伤直致之奇”，拘于古式，不够灵活，缺乏曹植诗的“奇”了。到了“源出于陆机”的颜延之，“体裁绮密，情喻渊深”，继承了陆机“词赡”“文章之渊泉”的特点，却“又喜用古事，弥见拘束”，走向专重用典了。

王粲一派又分为四支，我们只考察张华一支。说王粲诗源出于李陵，是从“发愀怆之词”即“怨”着眼的，但他又“文秀而质羸”，开“文胜质”的先河。张华诗“其体华艳，兴托不奇”，是对“文秀质羸”的继承；他又“巧用文字，务为妍冶……儿女情多，风云气少”，影响到鲍照诗的“靡嫚”。这主要指鲍照学习江南情歌创作的一部分五言诗。到了“宪章鲍明远”的沈约，则“长于清怨”。这已不是那种“生命不谐”的凄怆之怨，而是“淫艳哀音”（刘师培语），如他的《夜夜曲》《携手曲》《梦见美人》等。这样，就揭示了齐梁淫艳诗风的流变之渐。

钟嵘“致流别”是对魏晋以来风格、流派问题研究的深入发展。他通过一些具体辨析，揭示出风格流派的形成与发展的某些带有规律性的问题，如有些作家由于遭际相似或才学相近，成为同一个流派，这就涉及文学流派形成的主观因素。在前后的影响上，钟嵘辨析了其继承与新变，显示出同一流派中风格的一致性与多样性；在同一时代的作家群中（如“建安”作家），风格也具有一致性与多样性，呈现出时代风格多姿多样的面貌。这样，就为后世文学风格流派的研究开辟了新蹊径。但他在这个问题上也存在着很大的偏颇，主要就是对形成作家风格流派的多方面的因素注意不够，而过多地强调了继承与效法。而单就继承与效法来看，他又往往只抓住一点或表面的相似之处，忽视了更本质的东西。这样，递相师祖以后，就往往看不出其一脉相承的关系，如李陵、曹丕、应璩、陶潜一派，就受到后人的一致责难。特别是认为陶潜诗出于应璩的问题，后人责之为“不知其所据”①。不过，话说回来，尽管他所说的作家源流关系很难成立，但也毕竟不是毫无理由，毕竟不是信口开河。即使陶诗出于应璩的问题，在后人看来“不知其所据”，但他自己正有着“所据”的理由（参看卷中《宋征士陶潜》条注）。

（二）“掎摭病利”——分析作品得失

作品一般都存在着病、利两个方面，钟嵘的前人对此就有所认识，如曹植《与杨德祖书》说：“世人著述，不能无病。”并且希望别人“讥弹其文”，以便修改得更为完美些。陆机作《文赋》，自称要“论作文之利害所由”。晋代葛洪也指出“属笔之家，亦各有病”，分析了作品的病累产生的原因。钟嵘明确地把“掎摭病利”作为自己诗歌批评的重要内容之一。“掎摭病利”就是要对作品进行艺术分析，揭示出作品的优点缺陷、长处不足及其产生的原因，从而引导青年作者在创作实践中自觉地趋利避害，提高作品的艺术完美性。比如他分析了任昉诗的优缺点之后接着指出：“少年士子效其如此，弊矣。”语重心长，反映出他通过“掎摭病利”指导青年作者的用心所在。

---

① 叶梦得《石林诗话》卷下。

艺术欣赏是艺术分析的基础。钟嵘对诗提出了“有滋味”的美感要求，说明他的批评不脱离欣赏。这也是中国古代诗歌批评的重要特点。

钟嵘常常描绘自己阅读作品的艺术感受：“惊心动魄”（“古诗”）、“粲溢今古，卓尔不群”（曹植诗）、“使人忘其鄙近，自致远大”（阮籍诗）、“陆才如海，潘才如江”（陆机、潘岳诗）、“使人味之，亹亹不倦”（张协诗）、“美赡可玩”（曹丕诗）、“华靡可讽味”（应璩诗）、“彪炳可玩”（郭璞诗）、“如流风回雪”（范云诗）、“似落花依草”（丘迟诗）、“崭绝清巧”（鲍令晖诗）、“猗猗清润”（江祏诗）。这些便是所谓“滋味”，是通过欣赏所体验到的艺术境界。钟嵘认为，强烈、隽永的“滋味”美感是由“风力”与“丹采”即内容与形式两方面相结合而产生的，因此他在进行艺术分析时，也是由内容与形式两方面入手。在内容方面，凡是有着深沉真挚的感情，无论“雅情”还是“怨情”；凡是蕴含对不良时政的“讽谕”“激刺”“风规”的思想；凡是表现出“贞骨凌霜，高风跨俗”（刘桢诗）的人格志节；凡是真实反映了社会现实如“善叙丧乱”（刘琨诗），他都予以肯定和赞赏。而“儿女情多，风云气少”（张华诗）的柔靡之作，则是他不赞成的。在形式方面，他肯定文采的“华茂”“彪炳”“绮丽”等，但也不排斥那种明净的美，如张协诗的“华净”，陶潜诗的“省净”，王融、刘绘诗的“英净”，王中诗的“剿净”，也给以肯定的评语。但也正由于他主张“丹采”，所以不赞成语言的质朴，反映了他审美趣味的局限。他高度评价那些他认为内容、形式结合得好的作品，如曹植诗“骨气奇高，词采华茂”，完全合于“风力”“丹采”的标准，被他推为五言诗的典范；“古诗”“文温以丽，意悲而远”，被他誉为“一字千金”；班姬诗“怨深文绮”，被他评为工巧。

在对作品内容、形式的"病利"进行分析的基础上，钟嵘还进一步分析了造成作品病累的艺术表现方面的原因。他认为其原因主要是"过"，即"过分"，任何艺术表现上的过分都会有损于诗美。在内容和形式的关系上，要恰当地处理好。刘桢的诗"气过其文"，气势压倒了文采；王粲的诗"文秀而质羸"，文采超过了内容。这些他都看作是瑜中之瑕。他是主张适当地"雕润"的，但宋孝武帝诗"雕文织彩，过为精密"，又是他所反对的。他主张诗要有"讽谕"精神，但嵇康诗"过为峻切"，不够含蓄蕴藉，便"伤渊雅之致"了，这反映了儒家"温柔敦厚"的"诗教"的局限。在写作手法上，他原是主张"巧似"即逼真地描绘外物的，但鲍照诗"贵尚巧似，不避危仄"，过分追求这种"巧似"，以至于出现了险僻的词语，他又认为"颇伤清雅之调"了。他批评任昉诗"动辄用事，所以诗不得奇"。其实他不是完全反对用典的。谢灵运诗历来以用典著称，但仍被列为上品；左思诗"文典以怨"，实际上也是用典，也被列为上品。他只是反对"动辄"用典、过分用典，损伤了作品的新颖感和独创性。钟嵘反对"过"，一般说来，是符合艺术表现的辩证法的。

钟嵘"掎摭病利"即对作品进行艺术分析的基本方向和方法是正确的，给后世不少有益的启示。其主要缺陷是过于简单、粗略，往往停留在感性经验的形式上而不够系统化、理论化。

（三）"显优劣"——评价作家地位

在魏晋清谈的影响下，品评人物的优劣长短成为一种很普遍的社会风气，这种风气也必然影响到文学批评。在文学领域自身，作家之间久已存在着的"文人相轻"现象更加严重起来，作家本人往往“谓己为贤”“人人自谓握灵蛇之珠，家家自谓抱荆山之玉”[①]。在文学批评方面，由于“准的无依”、褒贬任声，对作家成就与地位的评价存在着严重的混乱，“公幹、仲宣之论，家有曲直；安仁、士衡之评，人立矫抗”[②]，致使“朱紫相夺”，优劣莫辨。这样，不但影响到作家成就及文学史地位的正确评价，也往往使青年作者学习前人时不能取法乎上，如《诗品》序指出，当时的“轻薄之徒，笑曹（植）、刘（桢）为古拙，谓鲍照‘羲皇上人’，谢朓今古独步”。在钟嵘看来，曹、刘是数一数二的优秀诗人，却不被重视；鲍、谢是第二流的作家（其评价是否正确另当别论），却竞相效法，这就“徒自弃于高明”了。所以，钟嵘辨析作家优劣高下，也有端正创作方向的目的。

钟嵘是在“致流别”“掎摭病利”的基础上，对作家“显优劣”的。他把汉魏以来的五言诗人分为源出《国风》和源出《楚辞》的两大主要流别。列为上品的，《国风》系六人（“古诗”以一人计），《楚辞》系五人。从人数上看，《国风》系只比《楚辞》系多一人，但从文学史地位上看，《国风》系的作家却远远高于《楚辞》系的作家。《国风》系的曹植是“建安之杰”，陆机是“太康之英”，谢灵运是“元嘉之雄”，都是各自时代的诗人之冠，而《楚辞》系的重要作家如王粲、潘岳、张协等人却是次一等的“辅佐”人物。再通过分属两系而在文学史上齐名的相对应的作家比较，也可以看出钟嵘高下轩轾的态度，如建安时期的刘桢与王粲，“自陈思以下，桢称独步”，刘桢显然高于王粲；西晋太康时期的陆机与潘岳，陆高于潘；刘宋元嘉时期的颜延之与鲍照，“谢客为元嘉之雄，颜延年为辅”，鲍照则未被提及，颜又高于鲍。他的这些

① 见曹丕《典论·论文》、曹植《与杨德祖书》。

② 江淹《杂体诗序》。

比较虽不能说都不正确，但从其指导思想上，却显然有着“宗经”的偏见，则是不足取的。

从“掎摭病利”即对作品进行艺术分析方面来看，那些钟嵘认为内容与形式结合得好的作者，俱列上品，如班姬、曹植、阮籍等人；有的虽然存在着这样或那样的缺陷，但钟嵘认为不足以影响其总成绩，也列上品，如刘桢、王粲、陆机、谢灵运等人。钟嵘认为其成绩次一等，或内容、形式方面有较大缺陷但在文学史上有一定影响的作家，如曹丕、嵇康、张华、颜延之、鲍照、谢朓、江淹、任昉、沈约等，列在中品。成就平平，内容与形式都无足观，但仍可“预此宗流”者，则列下品。

在根据艺术成就评判作家的优劣高下时，钟嵘是相当重视辞采等形式因素的，但他毕竟更重视内容。他以“风力”作为作品内在的骨干，“丹采”仅作为外在润饰，是从理论上重内容的表现。从批评实践上看，可以以他对刘桢、王粲的评判为例。刘、王优劣是一个长期争论的老问题。刘勰认为王粲是“七子之冠冕”[1]，钟嵘则把这顶桂冠戴在刘桢头上。我们且不评论二者的孰是孰非，只是研究钟嵘是从哪个角度评价的。他认为刘桢“气过其文，雕润恨少”，王粲则“文秀而质羸”，二人文质的偏胜恰好相反。他把“质胜文”的刘桢的地位置于“文胜质”的王粲之上，显然更重内容一些。推而言之，他把《国风》系的代表作家置于《楚辞》系作家之上。因为传统的儒家文学观本就更重内容，而且认为作为“经”的《国风》与《楚辞》相比，前者以思想内容取胜，后者则以辞采华美见长。当然，“文”也是钟嵘文学批评的天平上的重要砝码，以此铨衡作家，结果便使诗“野”的左思屈居潘、陆之下，

① 《文心雕龙·才略》篇。

语言“质直”的陶潜屈居中品，“古直”的曹操屈居下品，都是不妥当的。钟嵘评价作家地位的失误之处，也受到士大夫阶级“重雅轻俗”的艺术偏见的影响，如他说鲍照的“美文”“殊已动俗”，显指鲍学江南民歌写的有关男女爱情之作，他视之为“俗”；在表现形式上，他也认为鲍的作品“颇伤清雅之调”，因而置于中品，也是不公平的。另如李陵、班姬作品的真伪在当时已有争议，况且传为班姬的作品只有一首“《团扇》短章”，钟嵘不加辨析，径列上品，也有失得当。

钟嵘对作家成就与地位的评价尽管有不少失误之处，但其大多数评价还是比较正确的，这也是历来所公认的，后世有分歧意见的只在少数作家身上。单就这少数作家而论，除曹操、陶潜、鲍照的品第明显失当外，其他的，仁者见仁，智者见智，也很难说钟嵘不对。评论作家成就与地位的优劣高下本来就是很不容易的事情，硬把他们划为三个等级也失之“机械”。有些作家，风格各有特点，即使今天也难断然判定他们谁高谁下，所以也不必求全责备。

四、《诗品》的历史地位和影响

《诗品》在我国古代文学理论和批评史上有很高的地位与深远的影响，它是我国古代第一部诗歌批评专著，而且就其系统性与专门性来看，也可以说是少有的，为古代诗歌评论与研究开辟了一条新蹊径。

《诗品》晦于宋以前而显于明以后。这说明它终究能够经得起时间的考验，显示出其固有的光彩。虽然人们对它毁誉兼有，褒贬不一，但毕竟誉重于毁，褒多于贬，而且所毁所贬都仅限于个别的具体问题。清代章学诚说：“《诗品》之于论诗，视《文心雕龙》

之于论文，皆专门名家，勒为成书之初祖也。《文心》体大而虑周，《诗品》思深而意远。”[①]《四库全书总目·诗文评类》也说：“文章莫盛于两汉，浑浑灏灏，文成法立，无格律之可拘。建安、黄初，体裁渐备，故论文之说出焉。《典论》其首也。其勒为一书传于今者，则断自刘勰、钟嵘。勰究文体之源流而评其工拙，嵘第作者之甲乙而溯厥师承。”又称《诗品》“妙达文理，可与《文心雕龙》并称”。以上都确认《文心雕龙》与《诗品》作为文学理论与批评的不祧之祖的历史地位。

《诗品》对于后世的影响，可以从诗歌理论和诗歌批评形式两方面谈。

在诗歌理论方面，《诗品》序的有些见解得到后人的一致承认，如关于诗的性质论“吟咏情性”。自从《毛诗序》提出“吟咏情性”说之后，中经数代，钟嵘第一个重新采用这种说法，此后才被人们普遍接受，如隋代王通说：“诗者，民之情性也。”[②] 唐代令狐德棻等说：“原夫文章之作，本乎情性。”[③] 宋代严羽：“诗者，吟咏情性也。”[④] 金代王若虚：“哀乐之真，发乎情性，此诗之正理也。”[⑤] 明代宋濂：“诗乃吟咏性情之具。”[⑥] 清代方东树：“诗之为学，性情而已。”[⑦] 出现这种情况虽然与《毛诗序》有关，但钟嵘重新强调并正确阐发，影响似乎更大。否则，为什么钟嵘之前没有普遍出现呢？

---

① 《文史通义·诗话》。
② 《中说·关朗》篇。
③ 《周书·王褒庾信传论》。
④ 《沧浪诗话·诗辩》。
⑤ 《滹南遗老集·诗话》。
⑥ 《宋文宪公全集·答章秀才论诗书》。
⑦ 《昭昧詹言·通论》。

又如关于“兴”“比”“赋”并用以及“直寻”而不重用事的诗的创作论。钟嵘提出“兴”“比”“赋”“三义”并用、不可偏废的艺术表现方法，是很精辟的，也很符合诗歌创作规律。古代诗论往往注重“比、兴”而忽略“赋”法，“三义”并用之说就显得更有见地。吴雷发说：“诗岂以兴、比为高而赋为下乎？如诗果佳，何论兴、比、赋？”[①]“赋”确实是不能废弃的。钟嵘提倡“直寻”而反对一味用事的创作原则，也有很大的影响。清代袁枚嘲笑有些人写诗专尚用典，就以钟嵘的话为依据：“天涯有客太詅痴，错把抄书当作诗。抄到钟嵘《诗品》日，该他知道性灵时。”[②] 章太炎高度评价钟嵘的见解，认为“寻此诸论，实诗人之药石”[③]。

再如“有滋味”的诗的美感论及“文已尽而意有余”之说。钟嵘要求以“兴”“比”“赋”三法处理好物情关系，从而使虚实相生造成“滋味”美感，实际上是“意境”论的先驱。司空图说的“味外之旨”“韵外之致”[④]，刘禹锡说的“境生于象外”[⑤]，直至清代的“神韵说”等，都与“滋味”说有着内在的联系。与此相关的“文已尽而意有余”的这种对诗的艺术效果的要求，也为后人所接受。宋代苏轼称“言有尽而意无穷”是“天下之至言”[⑥]。曾巩说诗当“语尽而意不穷”[⑦]。明代袁中道说：“天下之文，莫妙于言有尽而意无穷。”[⑧] 都可明显看出钟嵘的影响。此外，《诗品》卷上评阮籍《咏怀》诗“可以陶性灵”之说，刘熙载认为“此为以

① 《说诗菅蒯》。

② 《小仓山房集·仿元遗山论诗》。

③ 《国故论衡·辨诗》。

④ 《司空表圣文集·与李生论诗书》。

⑤ 《刘禹锡集·董氏武陵集纪》。

⑥ 姜夔《白石道人诗说》引。

⑦ 《诗人玉屑》卷六引。

⑧ 《珂雪斋近集·〈淡成集〉叙》。

性灵论诗者所本”[1]。

钟嵘的诗歌理论，对后世的影响不是确实很深远吗？

《诗品》在诗歌批评形式方面对后代的影响，主要表现在它与历代诗话的关系。“诗话”是我国古代诗歌理论与批评的一种重要形式，著述之多，远远超过其他样式的诗论，仅宋代就有上百种。历来有人认为《诗品》是历代诗话之祖，如章学诚《文史通义·诗话》说：“诗话之源，本于钟嵘《诗品》。”孙德谦《雪桥诗话序》说：“诗话之作，于宋最盛，其风既扇，条流弥繁……寻其意制相规，大氐皆准仲伟（钟嵘），而精识远不逮矣。”现在仍有不少人持此种看法。但也有一种意见与此不同，认为赵宋以前并无诗话，如清代张潮《秋星阁诗话小引》说：“诗话之兴，大约在宋、元之世。”今人郭绍虞也认为，严格说来，诗话之作，应以宋代欧阳修的《六一诗话》为最早。但他又认为，“钟嵘《诗品》是文学批评中严肃的著作”，而《六一诗话》则是较为轻松的随笔。其后的诗话体例，“一种本于钟嵘《诗品》，一种本于欧阳修《六一诗话》……其界（介）于二者之间的，只能说是欧派的支流；至于专论诗格诗例或声调等问题的，又可说是钟派的支流”[2]。就是说，那种严肃地探讨诗歌理论问题或对作品进行批评、分析，以及探讨“诗格”、声律的诗话，都与《诗品》关系较大。

在诗歌批评的具体内容、方法方面，《诗品》包括“致流别”即探索风格流派、“掎摭病利”即进行艺术分析、“显优劣”即评价作家成就与地位三项，这也是历代诗话的重要内容，如刘克庄《后村诗话新集》评论唐人诗，品其优劣。

明代顾起纶《国雅品》评诗分“士品”“闺品”“仙品”“释

① 《艺概·诗概》。
② 《清诗话·前言》。

品”“杂品”五种，其《序》明言仿《诗品》体例。另如张为《诗人主客图》，李调元在《序》中说：“宋人诗派之说，实本于此。求之前代，亦如梁参军钟嵘分古今作者为三品，名曰《诗品》。”至于对作品进行品赏分析，更是诗话的基本内容。自然，历代诗话的赏析比《诗品》详密、深细多了。

《诗品》在具体评论时，常用形象化的语言，如评范云、丘迟：“范诗清便宛转，如流风回雪；丘诗点缀映媚，似落花依草。”这种形象论诗，对诗话影响很大，并形成我国古代诗论、诗评的一个重要特点。另外，摘句欣赏也是我国古代诗话评论诗歌的习见方法，这也与《诗品》有关。郭绍虞说：“钟嵘《诗品》，论古今胜语，谓‘思君如流水’，既是即目，‘高台多悲风’，亦惟所见；‘清晨登陇首’，羌无故实，‘明月照积雪’，讵出经史，已开摘句之风。”①

古代诗话中经常杂有诗人的逸事、传闻，固然受到孟棨《本事诗》与欧阳修《六一诗话》的影响，其实在《诗品》中也早已屡见不鲜，如卷上关于谢灵运小名“客儿”的来历，卷中谢灵运梦谢惠连而得“池塘生春草”的佳句，江淹的“才尽”，卷下区惠恭写《双枕诗》得到大将军赏赐，释宝月窃人诗几乎吃官司，或与评价该诗人有某种直接、间接的联系，或可窥见当时诗坛风气，或不过是一般的逸事而已。

总之，《诗品》对“诗话”这种论诗形式的影响是显而易见的。当然，历代诗话对诗歌理论和诗歌批评有很多精辟发展与深入探讨，这是文学创作与人们认识的发展使然。但一般说来，诗话的体制较为零散，而《诗品》系统；诗话的内容较为总杂，而《诗

① 《沧浪诗话校释·诗评校释》。

品》纯粹；诗话有时流为谐戏甚至自我标榜、党同伐异，而《诗品》则始终保持着文学批评的严正态度。所以，《诗品》的许多优点为历代诗话所不及。

我们今天研究《诗品》，仍然有不少可供继承、借鉴之处。比如前述钟嵘对诗歌理论的阐发，直到今天仍是有意义的。抒情性与形象性是诗的重要美感特征。我们今天的诗歌创作，应当运用赋、比、兴等形象思维的艺术方法，创造出饱满、生动的艺术形象，感染读者的心灵，唤起人们对美好事物的热爱与向往。《诗品》作为文学批评著作，其中许多具体的批评原则、方法，也有不少值得我们注意的地方。

钟嵘对汉魏至齐梁五言诗人风格流派的探索和高下优劣的判断虽不尽得当，对作家作品的分析与评论也不可能完全中肯，但大体上是有道理的。这为我们研究这一段时期的文学史提供了很好的参考材料，甚至可以成为理解某些作家作品的“钥匙”。即使他在评论、判断上的失当和偏颇之处，经过分析之后，也有助于对当时文学思潮、文学观念的认识。故而，钟嵘《诗品》是值得重视的。

为《诗品》作注是近代以来的事情①，但往往侧重于校勘、笺证和征引资料，很少涉及词语、文意的解释。本书着重释词解意，尤重对文学理论和批评术语的阐发。

---

① 《诗品》的注本主要有陈延杰《诗品注》、古直《钟记室诗品笺》、许文雨《诗品释》、陈直《诗品约注》、叶长青《诗品集释》、曹旭《诗品集注》等。

目录

CONTENTS

《诗品》序①

（一）

解题

本段论诗的产生，并言其感天动地的艺术效果。

【原文】

气之动物②，物之感人，故摇荡性情③，形诸舞咏④。照烛三才⑤，晖丽万有⑥；灵祇待之以致飨⑦，幽微借之以昭告⑧；动天地，感鬼神，莫近于诗⑨。

【译文】

气候使自然景物发生变化，景物的变化感荡着人们的心灵，所以人们的感情被激发，从而形之于歌舞吟咏。能够洞照天地人间，反映出万物的形象；能够用来祭祀神灵，借以告白于冥冥之中；能够感动天地鬼神的，莫过于诗了。

注释

❶序：《诗品》分上、中、下三卷（三品），各卷前均有序，论述诗的性质、产生、创作、欣赏、批评，追溯五言诗的发展简史，批判历史上和当时的不正诗风，是全书诗歌批评的理论纲领。但是每卷序言与该卷内容并无具体的联系，故按其次序分为（一）（二）（三），置于全书之前。

❷气：《诗品》中"气"字共出现十余次，其意有三。一，指天地间的大气、气候。此处便指气候而言。二，指作家个性、气质，如《序》"刘越石仗清刚之气"、卷上评刘桢"仗气爱奇"，便属此意。三，作品的文气、气势，如卷上评

曹植诗“骨气奇高”、评刘桢诗“气过其文”、评陆机诗“气少于公幹”，卷中评张华诗“儿女情多，风云气少”、评郭泰机等人诗“气调警拔”，卷下评谢庄诗“气候清雅”、袁嘏条“我诗有生气”，其中的“气”都属此意。

❸摇荡：激发，感发。性情：指感情。

❹形诸：形之于。舞咏：舞蹈与歌咏。上古诗、歌、舞三位一体（歌是舞曲，诗是歌词），因此这里实际上就诗而言，指形之于诗。

❺照烛：照耀。“烛”也是照的意思。三才：指天、地、人。

❻晖丽：照亮。万有：万物。“照烛三才，晖丽万有”，指诗能够描绘、反映出天地人间万物的形象。

❼灵祇（qí）：泛指神灵。祇，地神。致飨（xiǎng）：使神灵得以享用祭品，指祭祀。古代祭祀时伴以歌舞。

❽幽微：幽冥，冥界。《礼记·乐记》：“幽则有鬼神。”这里借指鬼神。昭告：明告。《尚书·汤诰》：“敢昭告于上天神后。”

❾莫近：莫过。

解题

本段追溯从先秦至六朝五言诗的起源与发展的过程。

【原文】

昔《南风》之辞[①]，《卿云》之颂[②]，厥义夐矣[③]。夏歌曰：“郁陶乎予心。”[④]楚谣曰：“名余曰正则。”[⑤]虽诗体未全[⑥]，然是五言之滥觞也[⑦]。

逮汉李陵[⑧]，始著五言之

【译文】

远古有《南风》之辞、《卿云》之颂，作诗之道，由来已久了。夏代的《五子之歌》说：“郁陶乎予心。”楚国的《离骚》说：“名余曰正则。”五言诗的形式虽还不完备，但也可以说是其源头了。

到西汉李陵，开始创立了五言诗的

目矣[9]。古诗眇邈[10]，人世难详[11]，推其文体[12]，固是炎汉之制[13]，非衰周之倡也[14]。自王、扬、枚、马之徒[15]，词赋竞爽[16]，而吟咏靡闻[17]。从李都尉迄班婕妤，将百年间[18]，有妇人焉，一人而已[19]。诗人之风[20]，顿已缺丧。东京二百载中[21]，唯有班固《咏史》[22]，质木无文[23]。

形式。现在看到的那些“古诗”已经很茫远，作者与写作年代都难以研究详明了。推测它们的体式，应当是汉代的创作，而不是晚周的作品。王褒、扬雄、枚乘、司马相如等人，以辞赋争雄比美，却没有诗歌传世。从李陵到班姬，其间将近百年，除其中一位尚是女作者外，写诗的不过一人罢了。诗歌创作，一时间已经衰落了。东汉约二百年中，只有班固的《咏史》一诗，却又写得质实枯淡，没有文采。

注释

❶《南风》之辞：传说是舜时的歌曲。《孔子家语·辨乐解》说：“舜弹五弦之琴，造《南风》之诗，其诗曰：‘南风之薰兮，可以解吾民之愠兮；南风之时兮，可以阜吾民之财兮。’”

❷《卿云》之颂：也是传说中舜时的歌曲。《尚书大传·虞夏传》：“于时俊乂百工，相和而歌《卿云》，帝乃倡之曰：‘卿云烂兮，纠缦缦兮。日月光华，旦复旦兮。’”

❸厥：其。义：道，理。敻（xiòng）：远。

❹夏歌：传为上古时夏朝的歌曲，指《五子之歌》。《尚书·夏书·五子之歌》：“太康（夏王名）失邦，昆弟五人，须于洛汭，作《五子之歌》。”其五曰：“呜呼曷归？予怀之悲。万姓仇予，予将畴依？郁陶乎予心，颜厚有忸怩。弗慎厥德，虽悔可追？”郁陶：哀思。予：我。“郁陶乎予心”，意谓“多么哀伤呀，我的心”。

❺楚谣：先秦时楚国民歌，即《楚辞》。屈原写的抒情长诗《离骚》有“名余曰正则”的句子，意谓“给我取名叫正则（屈原乳名）”。

❻诗体：指五言诗的体式。

❼滥：浮起。觞（shāng）：一种角制酒杯。《孔子家语·三恕》：“江始出于

岷山，其源可以滥觞。”意谓长江发源处，水量少得仅可浮起酒杯。后来以“滥觞”指事物的发端与原始。

以上讲五言诗的渊源。关于五言诗的起源，《文心雕龙·明诗》篇说：“《召南·行露》，始肇半章；孺子《沧浪》，亦有全曲……阅时取证，则五言久矣。”按：《诗经·召南·行露》：“谁谓雀无角，何以穿我屋？谁谓女无家，何以速我狱？虽速我狱，室家不足。”其中六句中四句是五言，故谓“半章”。《孟子·离娄》篇载有《孺子歌》：“沧浪之水清兮，可以濯我缨；沧浪之水浊兮，可以濯我足。”除句末感叹词“兮”外，都是五言，故谓“全曲”。这些作品，较钟嵘撮举的“夏歌”“楚谣”时间更早，更可信，在形式上与后来的五言诗也更接近。

❽逮：及，到。李陵：西汉武帝时人，曾任骑都尉。见卷上《汉都尉李陵》条注。

❾著：立。目：名目，项目，这里指诗的五言形式。钟嵘认为五言诗初创于李陵，是不确的。旧题为李陵所作的五言诗，一般认为系后人拟托。五言形式，出自民间，如前举《诗经·召南·行露》《孺子歌》及秦时的《长城歌》（“生男慎勿举，生女哺用脯。不见长城下，尸骸相支拄。”）、西汉成帝时童谣（“邪径败良田，谗口乱善人……”）等。五言形式经汉乐府采用后，文人才起而拟作。

❿古诗：齐梁时把魏晋以前不明作者姓氏的五言诗概称“古诗”。详见卷上《古诗》条注。眇邈：茫远。

⓫人世：作者及其时代。详：明。

⓬推：推测。文体：指五言诗的体式、风格。

⓭固：原，本。炎汉：古时认为汉代以“五行”中的“火德”而兴，火又叫作“炎上”，故称汉为“炎汉”。制：制作，指作品。

⓮衰周：晚周，指周代的衰微时期。倡：同“唱”，在此指五言诗创作。

⓯王、扬、枚、马：指西汉著名辞赋作家王褒、扬雄、枚乘、司马相如。

⓰竞爽：即“比美”，如徐陵《玉台新咏序》：“金星与婺女争华，麝月共嫦娥竞爽。”

⓱吟咏：指五言诗创作。靡：没有。按：据史书记载，司马相如曾作乐府诗歌，王褒曾作《中和》《乐职》《宣布》诗，但无五言诗传世。

⑱迨：到。班婕妤：班姬，详见卷上《汉婕妤班姬》条注。李陵生活于汉武帝（前141—前87在位）时，班姬生活于汉成帝（前33—前7在位）时，中间相隔约百年时间。

⑲有妇人焉，一人而已：《论语·泰伯》记载：周武王说自己有治臣十人，孔子说："有妇人焉，九人而已。"这里套用此种句法，意谓西汉时期有两位诗人，除其中一位是妇女外，不过只一人罢了。

⑳诗人之风："诗人"本指《诗经》的作者，"风"本指《诗经》中的《国风》，这里泛指诗歌创作。

㉑东京：指东汉。西汉定都长安，东汉定都洛阳，历史上称长安为西京，洛阳为东京，并以"西京"指代西汉（前202—8），"东京"指代东汉（25—220）。

㉒班固《咏史》：详见卷下《汉令史班固》条注。

㉓质木无文：像木石一样没有文饰，指诗的语言质朴。按：钟嵘说东汉五言诗只有班固《咏史》，也不确当，如郦炎、赵壹，都有五言作品，钟嵘将他们与班固同列下品。

以上追溯两汉文人五言诗的创作情况。

【原文】

降及建安[①]，曹公父子[②]，笃好斯文[③]；平原兄弟[④]，郁为文栋[⑤]；刘桢、王粲[⑥]，为其羽翼[⑦]；次有攀龙托凤[⑧]，自致于属车者[⑨]，盖将百计[⑩]。彬彬之盛[⑪]，大备于时矣。

尔后陵迟衰微[⑫]，迄于有晋[⑬]。太康中[⑭]，三张、二陆、两潘、一左[⑮]，勃尔复兴，踵

【译文】

到了建安时期，曹操和他的儿子们都酷爱文学；曹丕、曹植兄弟，崛起为文坛栋梁；刘桢、王粲，是他们的助手。另外还有前来依附追随的，差不多上百人。文学创作的状况，可以说是盛极一时了。

此后文学发展又渐趋衰落，直到晋代。太康年间，有三张、二陆、两潘、一左，诗歌又勃然兴起，他们沿着曹氏父子的路子，使建安文学的流

武前王[16]，风流未沫[17]，亦文章之中兴也[18]。永嘉时[19]，贵黄、老[20]，稍尚虚谈[21]，于时篇什[22]，理过其辞[23]，淡乎寡味[24]。爰及江表[25]，微波尚传[26]。孙绰、许询、桓、庾诸公诗[27]，皆平典似《道德论》[28]，建安风力尽矣[29]。

风余韵传布不息，也可以算得上文学的“中兴”了。永嘉年间，推重黄老之学，越来越崇尚玄谈，当时的诗歌，玄理淹没了辞采，诗意平淡，索然寡味。直到东晋，这种玄谈的余波仍在流动。当时孙绰、许询、桓温、庾亮等人的诗，都很平淡典则，犹如《道德论》一类学术论文，建安文学的那种“风力”，丧失殆尽了。

注释

❶降及：降临到。建安：汉献帝刘协年号（196—220），此时政权实际掌握在曹操手中，政治、经济、思想、文化等各方面的情况都有很大改变。由于儒学衰微，文学也从经学束缚中解放出来，开始走向“自觉”，文学史上称之为“建安文学”，并往往归于魏文学的范围。

❷曹公父子：指曹操及其子曹丕、曹植等。

❸笃好：深深爱好。斯文：原指礼乐教化、典章制度等，这里专指文学。

❹平原兄弟：指曹丕、曹植。

❺郁：盛。文栋：文坛上的骨干。从沈约《宋书·谢灵运传论》和《文心雕龙·时序》篇中，都可看到对“曹公父子，笃好斯文；平原兄弟，郁为文栋”的叙述。

❻刘桢：字公幹。见卷上《魏文学刘桢》条注。王粲：字仲宣。见卷上《魏侍中王粲》条注。

❼羽翼：翅膀，这里指辅佐。

❽攀龙托凤：龙凤是传说中的神兽灵禽，古代常以比喻人主或圣哲，这里指曹氏父子。攀，与“托”意同，指依附。

❾致：至，达到。属车：古代帝王的侍从之车，又叫后车、副车、佐车。这里指在文学事业上追随曹氏父子。

⑩盖：发语词。

⑪彬彬：文质兼备的样子。

以上追溯建安时期五言诗发展的情况。

⑫尔后：此后。陵迟：形容像丘陵那样逐渐由高到低。

⑬有晋：即晋代。《经传释词》："有，语助也。一字不成词，则加'有'字以配之，若虞、夏、殷、周，皆国名，而曰'有虞''有夏''有殷''有周'是也。"

⑭太康：晋武帝司马炎年号（280—289）。

⑮三张、二陆、两潘、一左：三张即张载、张协、张亢兄弟。二陆即陆机、陆云兄弟。《晋书·张载传》："（张）亢字季阳，才藻不逮二昆，亦有属缀，又解音乐伎术，时人谓载、协、亢、陆机、云曰二陆、三张。"两潘即潘岳、潘尼叔侄，一左即左思。

⑯踵武前王：语出屈原《离骚》："及前王之踵武。"踵，追随。武，足迹。前王，前代帝王，此处指曹操父子，意谓继承曹操父子的文学事业。

⑰风流：指建安文学的流风余韵。未沫：未已，未消。

⑱中兴：衰而复振。

⑲永嘉：晋怀帝司马炽年号（307—313）。

⑳黄、老：黄帝与老子，指道家学说。古人以黄、老为道家始祖。黄帝是传说中的上古帝王，又称轩辕氏、有熊氏，以其为道家之祖，出于附会。老子即李耳，又称老聃，春秋时人，著《道德经》五千余言，又名《老子》。

㉑稍：渐。尚：崇尚，爱好。虚谈：即玄谈，又叫清谈，其议论内容主要是《周易》《老子》《庄子》所谓"三玄"的抽象哲理。

㉒篇什：《诗经》中《雅》《颂》部分以十篇编为一卷，称为"什"，后人遂以"篇什"指诗篇。

㉓理过其辞：理指玄理，辞即辞采，指诗中抽象枯燥的玄学议论掩盖了生动形象的辞采。

㉔淡乎寡味：指当时的玄言诗平淡乏味。《老子》第三十五章："道之出口，淡乎其无味。"故淡乎寡味正是道家学说的特点。《文心雕龙·时序》篇："自中朝（西晋）贵玄，江左（东晋）称盛，因谈（清谈）余气，流成文体。"亦谓两晋玄谈之风侵入文学，出现了"玄言诗"一类文体。

㉕爰：虚词。及：到。江表：指长江以南，又称江左，这里指偏安江南的东晋王朝。

㉖微波尚传：指西晋时期幽微玄虚的清谈之风仍流布不息。《世说新语·赏誉》篇注引《卫玠别传》记载，东晋时卫玠与王敦清谈累日，王敦事后对僚属说："昔王辅嗣（玄学家王弼）吐金声于中朝，此子今复玉振于江表。微言之绪，绝而复续。"

㉗孙绰、许询：东晋著名的玄言诗人。桓、庾：指桓温、庾亮。均见卷下孙、许条注。

㉘平典：平淡而典则。《道德论》：《老子》又名《道德经》，《道德论》是后人阐发老庄玄理的论著。据《世说新语·文学》篇记载，何晏、王弼、夏侯玄、阮籍都曾写过《道德论》。"皆平典似《道德论》"意谓玄言诗专门阐发玄理，犹如《道德论》那样的学术论文，失去诗的状物抒情的美学特征。

㉙建安风力：这是钟嵘对建安文学风格特征的概括，指那种慷慨豪壮、有讽谕精神的思想感情。

以上追溯晋代五言诗的发展演变，肯定了太康文学对建安文学的继承及其复兴，批评了两晋玄言诗风背离建安文学精神和诗的状物抒情的特征。

【原 文】

先是郭景纯用俊上之才①，变创其体②；刘越石仗清刚之气③，赞成厥美④。然彼众我寡，未能动俗⑤。逮义熙中⑥，谢益寿斐然继作⑦。元嘉中⑧，有谢灵运⑨，才高词盛，富艳难踪⑩，固已含跨刘、郭，陵轹潘、左⑪。

故知陈思为建安之杰⑫，

【译 文】

最初，郭璞以其杰出的才华，开始变革玄言诗风而开创新体；刘琨以其清越刚健的气质，赞助郭璞的良举。但终因写玄言诗的多，创新的少，未能改变当时的风气。到义熙年间，谢混诗富有文采，继起进行变革。宋代元嘉年间，有位谢灵运，才华高超，辞采华美，作品富丽，别人难以赶得上，实际上已经超过了刘琨、郭璞，压倒了潘岳、左思。

由此可知：曹植是建安文学的领

公幹、仲宣为辅[13]；陆机为太康之英，安仁、景阳为辅[14]；谢客为元嘉之雄[15]，颜延年为辅[16]。斯皆五言之冠冕，文词之命世也[17]。

袖，刘桢、王粲是其辅佐；陆机是太康文学的领袖，潘岳、张协是其辅佐；谢灵运是元嘉文学的领袖，颜延之是其辅佐。他们都是五言诗史上的尖子，文坛上举世闻名的人物。

注释

❶郭景纯：详卷中《晋弘农太守郭璞》条注。俊上：杰出超众。

❷变创：变革。体：体式，风格。

❸刘越石：详卷中《晋太尉刘琨》条注。清刚：清新刚健。《文心雕龙·才略》篇说："刘琨雅壮而多风。"

❹赞成：赞助成就。厥：其，指郭璞。按：钟嵘说郭璞、刘琨变革玄言诗风，主要指郭璞《游仙诗》辞采"彪炳"、感情"慷慨"，不同于玄言诗；刘琨的作品"善叙丧乱，多感恨之词"，也与玄言诗大异其趣。但刘琨生年与作品都略早于郭璞，说郭"变创"，刘"赞成"，有失得当。

❺动俗：改变风气。

❻逮：到。义熙：晋安帝司马德宗年号（405—418）。

❼谢益寿：详卷中《宋仆射谢混》条注。斐然：有文采的样子。按：谢混较早写山水诗，对玄言诗风有所冲击。《世说新语·文学》篇注引《续晋阳秋》："正始中，王弼、何晏好庄老玄胜之谈……（许）询及太原孙绰转相祖尚，又加以三世之辞（指佛教语言），而《诗》《骚》之体尽矣。……至义熙中，谢混始改。"

❽元嘉：宋文帝刘义隆年号（424—453）。

❾谢灵运：详见卷上《宋临川太守谢灵运》条注。

❿富艳：富丽艳美。踪：追随。《宋书·谢灵运传》说灵运"文章之美，江左莫逮"。

⓫固已：已经。含跨：超越。刘、郭：刘琨、郭璞。陵轹（lì）：压倒。潘、左：潘岳、左思。按：谢灵运大量写山水诗，在当时影响很大，结束了玄言诗

对文坛的统治，故《文心雕龙·明诗》篇说：“庄老告退，而山水方滋。”

以上追溯由晋至宋玄言诗逐渐被变革的过程。

⑫陈思：曹植曾被封陈王，死后谥号“思”，世称“陈思王”。“杰”及后面的“英”“雄”均指出类拔萃的人物。

⑬公幹、仲宣：刘桢、王粲。辅：辅佐。

⑭安仁、景阳：潘岳、张协。

⑮谢客：谢灵运小名“客儿”。

⑯颜延年：详卷中《宋光禄大夫颜延之》条注。

⑰斯：这。冠、冕都是帽子，引申为出人头地的人物。命世：有名于世。命，名。

解题

本段论诗的创作、欣赏，从而概括出钟嵘诗歌批评的标准：“风力”与“丹采”。

【原文】

夫四言，文约意广[①]，取效《风》《骚》[②]，便可多得。每苦文繁而意少，故世罕习焉[③]。五言居文词之要[④]，是众作之有滋味者也，故云会于流俗[⑤]。岂不以指事造形[⑥]，穷情写物，最为详切者耶？故诗有三义焉[⑦]：一曰兴，二曰比，三曰赋。

【译文】

四言诗文字少，含意广，只要效法《国风》《离骚》，便可以写出很多作品。但在创作实践中，往往苦于文字写得很多而含意甚少，所以很少人能够熟练运用它了。五言诗便跃居重要地位，成为各类作品中最有滋味的，所以很合于世俗所好。岂不是因为它指说事情，创造形象，畅抒感情，描写外物，最为详明而贴切吗？因之，诗有三种表现手法：一是兴，二是比，三是赋。文字已尽而余意无穷，这是文已尽而意有余，兴也[8]；因物喻志，比也；直书其事，寓言写物[9]，赋也。宏斯三义[10]，酌而用之，干之以风力[11]，润之以丹采[12]，使味之者无极[13]，闻之者动心，是诗之至也[14]。若专用比兴，患在意深，意深则词踬[15]；若但用赋体，患在意浮，意浮则文散，嬉成流移[16]，文无止泊[17]，有芜漫之累矣[18]。

兴；借助外物来比喻情志，这是比；直截了当地叙述事情，描写外物寓意于言，这是赋。综合这三种表现手法，斟酌情况而加以运用，以“风力”为作品的骨干，以“丹采”为作品的润饰，使欣赏者感到意味无穷，听诵者觉得动人心弦，是诗歌至高无上的艺术境界了。如果单纯运用比兴手法，就会失之于含意深奥莫测，语言也会随之不大通畅；如果单纯运用赋法，就会失之于含意浮浅，语言也会因而松松散散，显得草草率率，漫无节制，产生繁杂散乱的弊病。

注释

❶夫：发语词。约：少。

❷取效：取法，学习。《风》：指《诗经》中的《国风》。《骚》：《离骚》。

❸罕：少。习：通晓，熟悉。

❹要：枢要，指重要地位。

❺云：语气助词。会：合。流俗：风气。

❻指事：傅玄《连珠序》说：“其文体辞丽而言约，不指说事情，必假喻以达其旨。”“指事”即“指说事情”，亦即诗中所具体吟咏的事。造形：描绘事物的形象。

❼故诗有三义焉：《毛诗序》：“故诗有六义焉：一曰风，二曰赋，三曰比，四曰兴，五曰雅，六曰颂。”钟嵘最早把赋、比、兴三者作为创作手法单独提出来。

❽兴：犹《论语》“兴于诗”“诗可以兴”的“兴”。汪师韩《诗学纂闻》说：“（钟嵘）论兴字别为一解，然似以去声之兴字，解为平声之兴字矣。”

❾寓言：有寄托之言。“寓言写物”即把主观的思想感情寄寓在对客观外物的描写之中。

⑩宏：大，引申为包含。斯：这。

⑪干：骨干。这里用作动词，即以“风力”为诗的骨干。

⑫润：润饰。丹采：文采。

⑬味：用作动词，即品味，指诗歌欣赏。无极：无穷无尽。

⑭至：极点，至高无上。

⑮踬（zhì）：本意是被东西绊倒、跌跤。这里指语言不通畅。

⑯嬉成：谓不严肃认真，草率从事。流移：这里指语言散漫，不紧凑集中。

⑰止泊：停息。

⑱芜漫：芜杂散漫。累：毛病。

解题

本段从自然界和社会生活两方面论述诗的产生及其社会作用。

【原 文】

若乃春风春鸟[①]，秋月秋蝉，夏云暑雨，冬月祁寒[②]，斯四候之感诸诗者也[③]。嘉会寄诗以亲[④]，离群托诗以怨。至于楚臣去境[⑤]，汉妾辞宫[⑥]；或骨横朔野[⑦]，或魂逐飞蓬[⑧]；或负戈外戍[⑨]，或杀气雄边[⑩]，塞客衣单[⑪]，孀闺泪尽[⑫]；或士有解佩出朝[⑬]，一去忘返；女有扬蛾入宠[⑭]，再盼倾国[⑮]。

【译 文】

若是那春风春鸟，秋月秋蝉，夏云暑雨，冬月严寒，这是人有感于四种气候的变化并把它们表现在诗中。欢聚时，可以借诗表示亲近；离别时，可以用诗抒发怨愁。至于楚臣屈原遭谗去国，汉妾昭君离宫出塞；或如白骨露于北方原野，或如孤魂随着飞蓬飘游；或如荷带武器镇守边境，或如雄壮的杀气弥漫战场，征夫衣裳单薄，思妇眼泪流尽；或如那挂冠辞官的隐者，一去不返；得宠扬眉的美女，顾盼动人。所有凡斯种种，感荡心灵，非陈诗何以展其义[16]？非长歌何以骋其情？故曰：“诗可以群，可以怨。”[17]使穷贱易安，幽居靡闷[18]，莫尚于诗矣[19]。故词人作者，罔不爱好[20]。

这种种际遇，感荡着人们的心灵，不写诗怎能表达思想？不高歌怎能畅抒情感？因而孔子说：“诗可以群，可以怨。”使穷贱的人心安理得，隐居的人不觉郁闷，没有比诗更合适的了。所以文人作者，无不爱好写诗。

注释

❶若乃：若是，与下面“至于”相对。

❷祁（qí）：大，甚。

❸斯：这。四候：指上述春、夏、秋、冬。

❹嘉会：宾主宴集，这里指欢聚。

❺楚臣去境：指屈原事。屈原是战国时楚国的三闾大夫（官名），因遭谗毁而被流放。司马迁《史记·太史公自序》说：“屈原放逐，著《离骚》。”

❻汉妾辞宫：指离开汉宫出塞的王昭君事。石崇《王明（昭）君辞》：“我本汉家子，将适单于庭。辞诀未及终，前驱已抗旌……”

❼朔野：北方原野。

❽逐：追逐，追随。飞蓬：蓬是菊科植物，叶如柳叶，花小而白，秋季拔地而飞，故称“飞蓬”。曹植《杂诗》有“转蓬离本根”句，又《吁嗟篇》有“吁嗟此转蓬”句，都是托于飞蓬而兴诗的例子。

❾戍：守卫边境。

❿杀气雄边：形容边塞上战斗的气氛。

⓫塞客：指“负戈外戍”的人。塞，边境。

⓬孀闺：寡居的妇女。

⓭佩：指古时官员佩带之物。朝：朝廷，泛指官场。“解佩出朝”即辞官归隐。

⓮蛾：指“蛾眉”，形容女人好看的眉毛。“扬蛾”即扬眉，得意之貌。入宠：指入宫得到宠爱。

⑮盼：看，这里指女子美目的流盼。倾国：形容美色震动全国。

⑯陈诗：传说上古时“大师”采集民谣，陈述于天子，天子以了解民情。《礼记·王制》：“命大师陈诗，以观民风。”这里指作诗。展其义：展布其思想。

⑰诗可以群，可以怨：语出《论语·阳货》：“诗，可以兴，可以观，可以群，可以怨。”孔安国注“可以群”为“群居相切磋也”，“可以怨”为“怨，刺上政也”。这里说的“可以群”指上述“嘉会寄诗以亲”一类情况，“可以怨”指上述“离群托诗以怨”一类情况。

⑱幽居：隐居。靡：不，没有。

⑲尚：同“上”，贵，高。

⑳罔：无。

解题

本段批评齐梁时期诗歌创作的混乱。

【原文】

今之士俗[①]，斯风炽矣[②]。才能胜衣[③]，甫就小学[④]，必甘心而驰骛焉[⑤]。于是庸音杂体[⑥]，人各为容。至使膏腴子弟[⑦]，耻文不逮[⑧]，终朝点缀[⑨]，分夜呻吟[⑩]，独观谓为警策，众睹终沦平钝[⑪]。次有轻薄之徒，笑曹、刘为古拙[⑫]，谓鲍照

【译文】

如今无论士大夫还是一般的读书人，写诗之风大为盛行。有的不过是幼童，刚入小学，就一门心思地竞相作诗。于是诗作篇章平庸，体式杂乱，一人一个模样儿。以至于使得富贵子弟，耻于作品不够格儿，就成朝地点抹涂改，成夜地苦吟推敲，自己看来觉得很精彩，其实在读者看来，终究是平庸无奇。另外还有一些轻浮浅薄的人，嘲笑曹植、刘桢，说他们的作品古朴粗拙，却认为鲍照像“羲皇上人”

“羲皇上人”[13]，谢朓今古独步[14]。而师鲍照，终不及“日中市朝满”[15]；学谢朓，劣得“黄鸟度青枝”[16]。徒自弃于高明[17]，无涉于文流矣[18]。

一样高明，谢朓是古今独一无二的诗人。但他们师法鲍照时，终究赶不上鲍照“日中市朝满”那样的诗；学习谢朓时，也仅仅学得“黄鸟度青枝”那种句子。白白地放弃真正高明的诗人不去效法，在文学上还是不入流。

注释

❶士俗：指士大夫和平民。

❷斯风：指写诗的风气。炽：盛。

❸胜衣：指儿童稍长能穿戴成人的衣冠。“才能胜衣”形容年幼。

❹甫：刚刚。小学：《汉书·食货志》：“八岁入小学。”

❺驰骛（wù）：马奔腾貌，这里形容人们在写诗方面追强逐胜。

❻庸音杂体：指平庸而不伦不类的体式、风格。

❼膏腴（yú）：土地肥沃。这里指富贵人家。

❽不逮：不及，即达不到一定水平。

❾终朝：从天亮至早餐的一段时间，指整个早晨。点缀：谓反复修饰、改写。

❿分夜：半夜。呻吟：指对作品反复苦吟、推敲。

⓫众睹：众人看来。沦：陷入。平钝：平庸无奇。

⓬曹、刘：曹植、刘桢。古拙：古朴粗拙。

⓭鲍照：南朝宋代诗人，钟嵘列在中品，详见《宋参军鲍照》条注。羲皇上人：羲皇（传说中的上古帝王伏羲氏）以前时代的人。这里比喻高超出俗的人。本书卷中评鲍照：“言险俗者，多以附照。”卷下评谢超宗等人：“鲍、休（汤惠休）美文，殊已动俗。”可见鲍照诗在齐梁时为人爱好、效法。

⓮谢朓：南齐诗人，钟嵘列在中品，详见《齐吏部谢朓》条注。独步：独行无匹。《南齐书·谢朓传》说：“朓善草隶，长五言诗。沈约常云：‘二百年来无此诗也。’”

⑮日中市朝满：鲍照《代结客少年场行》中的诗句。

⑯劣得：仅得。度：越过。“黄鸟度青枝”可能指南齐虞炎《玉阶怨》：“紫藤拂花树，黄鸟度青枝。思君一叹息，苦泪应言垂。”谢朓也有《玉阶怨》诗：“夕殿下珠帘，流萤飞复息。长夜缝罗衣，思君此何极。”意谓当时有人学谢朓诗，只不过写出“黄鸟度青枝”一类不高明的句子。

⑰高明：指曹植、刘桢。

⑱涉：进入。文流：指文学领域。

解 题

本段批评齐梁时期诗歌批评的混乱，并说明《诗品》的写作缘起。

【原 文】

观王公缙绅之士①，每博论之余②，何尝不以诗为口实③，随其嗜欲④，商榷不同⑤，淄渑并泛⑥，朱紫相夺⑦，喧议竞起，准的无依⑧。近彭城刘士章⑨，俊赏之士⑩，疾其淆乱，欲为当世诗品，口陈标榜⑪，其文未遂，嵘感而作焉⑫。昔九品论人⑬，《七略》裁士⑭，校以宾实⑮，诚多未值⑯。至若诗之为技，较尔可知⑰，以类推之，殆均博弈⑱。

【译 文】

看那些达官贵人，每当议论政事之余，何尝不以评论诗为话题呢？他们都从各自的趣味爱好出发，意见不一致，以至于酸甜不分，红紫不别，众说纷纭，没有一个可以依据的统一标准。彭城人刘士章是位鉴赏能力很高的人，不满于这种混乱现象，想品评当代的诗歌，口头陈述，到处宣传，却未能形成文字。有感于此，我便写作这本《诗品》。过去有“九品论人”“《七略》裁士”的做法，但考核一下被评论者的名与实，确有许多不当之处。至于写诗作为一种艺术技巧，却是明白易晓的，打个类似的比方吧，也就跟六博、围棋之有技巧差不多。

注释

❶缙（jìn）：浅红色的帛。绅：衣带。古代官员上朝时把笏插在衣带上，因而常以“缙绅”指代官员。

❷博论：指议论政事。

❸口实：口中食物，借指话题、话柄。

❹嗜欲：爱好，这里指审美趣味。

❺商榷：商量。这里指意见、看法。

❻淄渑（shéng）：二水名，在今山东省，分流而相合。泛：漫流。传说淄渑二水味道不同，汇合后一般人难于分辨，只有伯牙能够辨别其不同滋味。

❼朱紫相夺：《论语·阳货》：“恶紫之夺朱也，恶郑声之乱雅乐也。”夺，乱。“淄渑并泛”“朱紫相夺”比喻对诗的雅俗、优劣辨别不清。

❽准的：射箭的靶子，这里指批评的标准。

❾彭城：郡名，今江苏徐州市。刘士章：刘绘字士章。详见卷下《齐中庶子刘绘》条注。

❿俊赏：善于鉴赏。

⓫口陈：口头陈说。标榜：这里指宣扬、宣传。

⓬感而作焉：指钟嵘受到刘绘的启发而作《诗品》。

⓭九品论人：班固《汉书·古今人表》将古今人物分为九等。又，魏文帝曹丕时开始实行九品中正制，按九个等第选拔任用官吏。《诗品》分汉魏至齐梁五言诗人为上、中、下三品。

⓮《七略》裁士：《七略》是我国最早的图书总目。汉武帝时，刘向、刘歆等人校勘国家藏书，将全部书籍分为七类，称为《七略》，有《辑略》《六艺略》《诸子略》《诗赋略》《兵书略》《术数略》《方技略》，共一万三千二百六十九卷，其书已佚，《汉书·艺文志》载其纲目。裁士，指评判人物。《诗品》按《国风》《小雅》《楚辞》三个源头辨析作家作品的渊源关系，受到《七略》的启示。

⓯校：考核。宾实：名实。《庄子·逍遥游》：“名者，实之宾也。”

⓰诚：诚然，确实。值：当，符合。

⓱较尔：分明的样子。

⑱殆：几乎，差不多。均：等于，相当于。博弈：博是六博（古代的一种棋戏），弈是围棋。

【原 文】

方今皇帝[1]，资生知之上才[2]，体沉郁之幽思[3]，文丽日月[4]，学究天人[5]，昔在贵游，已为称首[6]。况八纮既奄[7]，风靡云蒸[8]，抱玉者联肩，握珠者踵武[9]，固以瞰汉、魏而不顾[10]，吞晋、宋于胸中[11]，谅非农歌辕议[12]，敢致流别[13]。嵘之今录，庶周旋于闾里[14]，均之于谈笑耳。

【译 文】

当今皇帝，禀有“生而知之”的上等才能，具备深沉、丰富、幽远的思致，文采可附丽于日月之光，学识能究察天象人事，以前与文士们交往时，就已经成为首要人物。何况如今已经一统四方，风云际会，怀才抱能的文人真是并肩而来，接踵而至，确已俯视汉、魏而不屑一顾，包罗晋、宋而集于一代，诚然不是我这犹如农人、车夫般的浅见薄识，敢于妄加区划流派的。我现在所写的，唯愿能流传于街头巷尾，权当人们的谈笑之资罢了。

注 释

❶方今皇帝：指梁武帝萧衍（502—549 在位）。

❷资：禀有。生知之上才：《论语·季氏》：“生而知之者，上也。”

❸体：体现，具备。沉郁：深邃丰富。幽：深。

❹丽：附着。

❺究：考察。天人：天象人事。

❻昔在贵游，已为称首：“贵游”即尚未做官的王公贵族子弟，这里指萧衍在齐末未称帝时。称首，首领，第一。

❼八纮（hóng）：八方极远大之地。《淮南子·地形训》：“九州之外，乃有八殥（yín）……八殥之外，而有八纮，亦方千里。”奄：同“掩”，覆盖。“八

纮既奄”指萧衍已称帝统治天下，与“昔在贵游”不同。

⑧风靡云蒸：靡是倾斜之意。风靡，风吹使草倾向一方。蒸，升腾貌。“风靡云蒸”形容当时文坛人才聚集，风云际会。

⑨抱玉者联肩，握珠者踵武：语出曹植《与杨德祖书》：“当此之时，人人自谓握灵蛇之珠，家家自谓抱荆山之玉。”灵蛇之珠见《淮南子·览冥训》，是珍珠；荆山之玉见《韩非子·和氏》，是宝玉，即“和氏璧”。“抱玉者”“握珠者”比喻具有才华的人。联肩，并肩。踵武，接足。

⑩瞰：俯视。

⑪吞：包罗。

⑫农歌辕议：农夫的歌曲，车夫的议论。曹植《与杨德祖书》：“今往仆少小所著辞赋一通相与。夫街谈巷说，必有可采；击辕之歌，有应风雅。匹夫之思，未易轻弃也。”曹植自谦自己的作品犹如“街谈巷说”“击辕之歌”。钟嵘也以“农歌辕议”自谦自己的评论水平不高，见解低下。

⑬流别：同一渊源的不同支流，这里指文学流派。“致流别”就是辨析作家作品的风格、渊源、流派，是《诗品》诗歌批评的主要内容之一。王僧虔《乐表》：“今帝道四达，礼乐交通，诚非寡陋，所敢裁酌。”（《全齐文》卷八）此句与“谅非农歌辕议，敢致流别”句法相同，意谓自己水平不高，岂敢区分流派。

⑭庶：希望。周旋：来往。陶渊明《闲情赋》：“愿在丝而为履，附素足以周旋。”这里指流传。

（二）

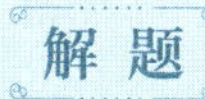

本段说明《诗品》的体例。

【原 文】

一品之中①，略以世代为先后，不以优劣为诠次②。又其人既往③，其文克定④，今所寓言⑤，不录存者。

【译 文】

在各品之中，大致以作家的时代先后排列，而不以其作品优劣高下为评论的次序。另外，作家死后，其作品方能盖棺定论，所以现在所评论的，不涉及尚在世的作家。

注释

❶一品之中：《诗品》分上、中、下三品，一品之中指各品之中。

❷诠次：编次。此指评论作家与作品的次序。

❸既往：指已经死去。

❹克：能够。

❺寓言：这里指意见、评论。

解题

本段阐述诗的“吟咏情性”的特性，批评专尚用典的诗风，倡导“直寻”的创作原则。

【原 文】

夫属词比事①，乃为通谈②。若乃经国文符③，应资博古④；撰德驳奏⑤，宜穷往烈⑥，至乎吟咏情性⑦，亦何

【译 文】

写文章运用典故，本是老生常谈。若是治理国家的文件，自然应当借用历史事例；记述功德之文和驳议、奏疏，也宜多多征引古人的事迹。至于抒发感情的诗歌，又哪能贵尚用典呢？比如：

贵于用事？“思君如流水”[8]，既是即目[9]；“高台多悲风”[10]，亦唯所见；“清晨登陇首”[11]，羌无故实[12]；“明月照积雪”[13]，讵出经史[14]？观古今胜语[15]，多非补假[16]，皆由直寻[17]。颜延、谢庄[18]，尤为繁密，于时化之。故大明、泰始中[19]，文章殆同书抄[20]。

“思君如流水”，是眼见的景色；“高台多悲风”，也是目睹的物象；“清晨登陇首”，根本就没有什么典故；“明月照积雪”，难道是出于经书史籍？试看古往今来的佳句，大多不是借助用典，都是直书其事的。颜延之、谢庄的作品，用典特别多，当时诗风因之一变。所以大明、泰始年间，文章简直成为罗列典故的“书抄”了。

注释

❶属词：连词成文，即写诗文。属，连缀。比：排比。事：事类，即典故。比事，即运用典故。

❷通谈：常谈。

❸若乃：若是。经国：治理国家。文符：泛指政治文件。《说文解字》：“符，信也。汉制以竹，长六寸，分而相合。”

❹资：借助。博古：博知古事，这里指用典。

❺撰德：指撰写表彰功德的文章，如“铭”“颂”等。驳：驳议，朝廷上辩驳不同意见的文体。《文心雕龙·议对》篇认为“驳议”应“采故实于前代”。奏：臣下给皇帝的上书。《文心雕龙·奏启》篇认为“奏”应“酌古御今”。

❻往烈：古人的业绩。

❼吟咏情性：抒发思想感情。《毛诗序》说：“国史明乎得失之迹，伤人伦之废，哀刑政之苛，吟咏情性，以风其上。”后来，“吟咏情性”便专指写诗。

❽思君如流水：徐幹《室思》中的诗句。

❾即目：眼前所见。

❿高台多悲风：曹植《杂诗》七首之一中的诗句。

⓫清晨登陇首：张华诗句。

⓬羌：发语词。故实：即典故。

⑬明月照积雪：谢灵运《岁暮》中的诗句。

⑭讵（jù）：岂。经史：经书与史书。

⑮胜语：佳句。

⑯补假：假借。这里指借助于典故。

⑰直寻：《文镜秘府论·地卷·十体》说："直置体者，谓直书其事，置之于句者是。""直寻"即直接描写"即目""所见"的事物而不借助用典。

⑱颜延：即颜延之。谢庄：详见卷下《宋光禄谢庄》条注。张戒《岁寒堂诗话》说："诗以用事为博，始于颜光禄（延之）。"

⑲大明：宋孝武帝刘骏年号（457—464）。泰始：宋明帝刘彧年号（465—471）。

⑳殆：几乎，差不多。书抄：亦作"书钞"，辑录典故的类书，如唐代有《北堂书钞》。这里指诗中用典太多，如同类书。

【原文】

近任昉、王元长等①，词不贵奇②，竞须新事③；迩来作者④，浸以成俗⑤。遂乃句无虚语，语无虚字⑥，拘挛补衲⑦，蠹文已甚⑧，自然英旨⑨，罕值其人⑩。词既失高，则宜加事义⑪，虽谢天才⑫，且表学问，亦一理乎！

【译文】

近代任昉、王融等人，不注重词句的新颖奇警，却争相搜求生僻典故；近来的作者也沾染了这种风尚。于是一句之中没有不用典的词，一词之中没有不用典的字，真是拘拘束束，补补连连，伤害诗意，甚为严重，那种天然优美的诗作，却很少见到能写出来的人。词句既不高明，就只得在典故上下功夫，虽然缺乏天才，姑且炫耀学问吧，道理不也一样吗？

注释

❶任昉：详见卷中《梁太常任昉》条注。王元长：王融字元长，详见卷下

《齐宁朔将军王融》条注。

❷奇：《诗品》常用的批评术语，全书共出现约十次，都是褒义评语，有奇特不凡、新奇独创之意。

❸新事：《南史·王僧孺传》说：“其文丽逸，多用新事，人所未见者，时重其富博。”可知“新事”即人所未见的生僻典故。

❹迩：近。

❺浸：渐。俗：风气。

❻句无虚语，语无虚字：意谓每句每词都要用典。虚，空白，指不用典。

❼拘挛：扬雄《太玄赋》说：“荡然肆志，不拘挛兮。”故“拘挛”即拘束，不能放任。补衲：衲同“纳”，补纳即补缀，这里指拼凑典故。

❽蠹（dù）文：虫蛀为蠹，蠹文指损害诗意。

❾英旨：美味。《说文》：“旨，美也。从甘。”段注：“甘为五味之一。”

❿值：遇到。

⓫事义：《文心雕龙·事类》篇：“据事以类义。”即用典故说明道理。

⓬谢：原意为“辞去”，引申为“不是”“没有”“背离”等意，如檀珪《与王僧虔书》：“仆一门虽谢文通，乃忝武达。”沈约《到著作省表》：“臣艺不博古，学谢专家。”

解题

本段说明《诗品》进行诗歌批评的内容、方法：“显优劣”即评价作家的成就与地位，“辨彰清浊”即探讨作家作品的风格流派，“掎摭病利”即分析作品的成败得失。

【原文】

陆机《文赋》[1]，通而无贬[2]；李充《翰林》[3]，疏而

【译文】

陆机的《文赋》，通达文理，但未进行褒贬；李充的《翰林论》，条贯疏通，

不切[4]；王微《鸿宝》[5]，密而无裁[6]；颜延论文[7]，精而难晓；挚虞《文志》[8]，详而博赡[9]，颇曰知言[10]。观斯数家，皆就谈文体，而不显优劣。至于谢客集诗[11]，逢诗辄取[12]；张隐《文士》[13]，逢文即书。诸英志录[14]，并义在文，曾无品第[15]。

但不够贴切；王微的《鸿宝》，论述细密，但未评判高下；颜延之的论文之作，说理精深，但不太好懂；挚虞的《文章流别论》，详明丰富，可谓有识之论。看以上诸家，都只谈文体风格问题，而不显示作家作品的优劣。至于谢灵运编纂诗集，遇到诗便收取；张隐的《文士传》，遇到文章也一概抄录。这两位前贤所集录的，都着眼于作品，未曾区分等第高下。

注释

❶《文赋》：陆机着重谈文学创作构思等问题的文学理论论文，其中也谈到十种文体的特点。

❷通而无贬："通"谓通达文理。《文选》卷十七李善注引臧荣绪《晋书》说陆机"妙解情理，心识文体，故作《文赋》"。"贬"指褒贬。全句意谓《文赋》未对作家进行褒贬，品第高下。

❸李充：字弘度，东晋人。《翰林》：《翰林论》。据《隋书·经籍志》："《翰林论》三卷，李充撰。"原书已佚。从清代严可均所辑录的数条看，也谈到各种文体特点，如："容象图而赞立，宜使辞简而义正。""表宜以远大为本，不以华藻为先。"

❹疏：指文理疏通。切：贴切。

❺王微：详见卷中《宋征君王微》条注。《隋书·经籍志》著录《鸿宝》十卷，已佚。

❻密：细密。裁：指评判高下。

❼颜延论文：《宋书·颜延之传》《南齐书·文学传论》《文心雕龙·总术》篇都讲到颜延之有论文之作，但不知钟嵘这里的具体所指。

❽挚虞：字仲治，西晋人。文志：指《文章流别论》。《晋书·挚虞传》记载挚虞"撰古文章，类聚区分为三十卷，名曰《流别集》，各为之论，辞理惬当，

为世所重”。《文章流别论》已佚，据《全晋文》所辑十数条看，都是“区判文体”的。

❾博赡：广博丰富。

❿知言：有识见之言。

⓫谢客集诗：《隋书·经籍志》著录谢灵运编《诗集》五十卷、《诗集钞》十卷、《诗英》九卷。

⓬辄：即，便。

⓭张隐《文士》：《隋书·经籍志》著录《文士传》五十卷，张隐撰。

⓮志录：记录。

⓯品第：指作家作品的优劣等级，如《诗品》之分三品。谢赫《古画品录》说：“夫画品者，盖众画之优劣也。”

【原文】

嵘今所录，止乎五言。虽然，网罗今古，词文殆集[①]。轻欲辨彰清浊[②]，掎摭病利[③]，凡百二十人。预此宗流者[④]，便称才子。至斯三品升降[⑤]，差非定制[⑥]，方申变裁[⑦]，请寄知者尔[⑧]。

【译文】

我现在所录评的，仅限于五言诗。虽然如此，还是广泛搜罗古今作品，差不多都收集完备了。我试图辨析其源流清浊，指出其缺陷、优点，共一百二十余人。进入这个品评范围的，便可称为才子了。至于上、中、下三品的安排，并非定论，还须重新斟酌变动，那就有待于有识之士了。

注释

❶词文：指诗。

❷轻欲：想，欲。《文镜秘府论·北卷·句端》：“敢欲、辄欲、轻欲……并论志所欲行也。”辨彰：辨明。清浊：清流与浊流，指不同的文学流派。“辨彰清浊”与上文说的“致流别”一样，都指要辨析和区分古今五言诗人的风格流

派，消除“淄渑并泛”的混乱现象。

❸掎（jǐ）摭（zhí）：摘取。病利：缺陷与优点。“掎摭病利”指对作品进行艺术分析，指出其优缺点。

❹预：进入。宗流：流别，这里指《诗品》的品评范围。

❺三品升降：按三个等级或高或低排列。

❻差非：并非。定制：定论。

❼方：还。申：重新。变裁：原指改变衣服的式样，如蔡邕《司空房桢碑》：“衣不变裁，食不兼味。”（《全后汉文》卷七十八）这里指改变现有的等级划分。

❽请寄：寄托，委托。《汉书·鲍宣传》：“请寄为奸。”颜师古注：“请寄，谓以事私相托也。”知者：指有识之士。

（三）

解题

本段批评沈约等人倡导的讲究声病的“永明体”诗。沈约等人对诗歌音律的探索，对唐代格律诗的形成是有贡献的。但由于当时人们还不能熟练掌握，加以规定得过于繁琐，造成许多弊病。

【原 文】

昔曹、刘殆文章之圣[①]，陆、谢为体贰之才[②]，锐精研思，千百年中，而不闻宫商之辨，四声之论[③]。或谓前达偶然不见[④]，岂其然乎？

【译 文】

曹植、刘桢简直可以说是文学上的圣人，陆机、谢灵运体法曹植、刘桢，他们对诗精心钻研，但千百年来，没听说过什么“宫商”的分别、“四声”的讲究。有人说这是先贤们忽而不察，哪里是这么回尝试言之：古曰诗颂，皆被之金竹[5]，故非调五音[6]，无以谐会。若“置酒高殿上”[7]“明月照高楼”[8]，为韵之首。故三祖之词[9]，文或不工，而韵入歌唱。此重音韵之义也[10]，与世之言宫商异矣。今既不被于管弦[11]，亦何取于声律耶[12]？

事！我姑且尝试着谈点看法：古代所说的“诗”“颂”，都是要配乐演奏的，所以如不协调宫、商、角、徵、羽五音，就无法与乐曲和谐一致。比如“置酒高殿上”“明月照高楼”，便是协韵的第一流作品。因而曹操、曹丕、曹叡“三祖”的诗，文字上或许有不够工巧之处，但其韵律却可以入乐演唱，这才是重视音韵的用意所在，与世人的讲究韵律不同。现在的诗既不入乐演奏，又何必讲究声律呢？

注释

❶曹、刘：曹植、刘桢。殆：几乎，近于。

❷陆、谢：陆机、谢灵运。体贰之才：“贰”，同“二”。李康《运命论》：“仲尼至圣，颜（渊）、冉（有）大贤……孟轲、孙卿，体二希圣。”张铣注：“孟、孙二子体法颜、冉，故云体二。”（《文选》卷五十三）又梁元帝萧绎《又祭颜子文》说颜渊“钦哉体一，亚彼至人”（《全梁文》卷十八）。所谓“体二”即指孟、孙体法颜、冉二人，“体一”即指颜渊体法孔子一人。“陆、谢为体贰之才”，指陆机、谢灵运是体法曹植、刘桢二人的人才，仅次于曹、刘。《诗品》评曹、刘、陆、谢均属《国风》系，陆、谢俱“源出于陈思”。

❸宫商之辨，四声之论：我国古代音乐分宫、商、角、徵、羽五个音阶，汉字有平、上、去、入四种音调。南齐永明年间，沈约等人将宫商、四声用于诗歌创作，以协调音韵，并规定了“蜂腰”“鹤膝”等禁忌。《南齐书·陆厥传》说：“（沈）约等文皆用宫商，以平上去入为四声，以此制韵，不可增减。”

❹或谓：有人说，指沈约等。前达：前贤，指曹、刘、陆、谢等诗人。偶然不见：偶或没有发现。

❺诗颂：诗歌。被：加，复。金竹：古代以金、石、土、革、匏、丝、木、竹为八音。“金”指金属乐器如钟等，“竹”指竹制乐器如笙、箫等。“金竹”泛指乐器。

❻五音：宫、商、角、徵、羽。

❼置酒高殿上：曹植《箜篌引》中的句子。

❽明月照高楼：曹植《七哀》中的句子。

❾三祖：指魏太祖曹操、高祖曹丕、烈祖曹叡。

❿义：道，理。

⓫不被于管弦：即不入乐。管是管乐器如笙、箫，弦是弦乐器如琴、瑟，这里泛指乐器。

⓬声律：声即宫、商、角、徵、羽五音，又叫五声。律，乐律，指黄钟、太簇、姑洗、蕤宾、夷则、无射、大吕、夹钟、仲吕、林钟、南吕、应钟，总称十二律。这里指对诗的声律的要求。

【原 文】

齐有王元长者，尝谓予云："宫商与二仪俱生①，自古词人不知用之。唯颜宪子论文，乃云律吕音调②，而其实大谬。唯见范晔、谢庄③，颇识之耳。"尝欲造《知音论》，未就而卒。王元长创其首④，谢朓、沈约扬其波⑤。三贤咸贵公子孙⑥，幼有文辨⑦。于是士流景慕⑧，务为精密，襞积细微⑨，专相凌架⑩，故使文多拘忌，伤其真美。余谓文制本须讽读⑪，不可蹇碍⑫，但令清浊通流⑬，口吻调利⑭，斯为足矣。至如平上去入，则余病未能⑮；蜂腰鹤

【译 文】

齐时有位王融曾对我说："宫商是与天地并生的，自古以来的诗人都不知道用它们。颜延之曾讲过声律音调，其实说得很不对。只有范晔、谢庄，倒挺懂得这个问题。"他们曾想创作《知音论》，却未如愿以偿就去世了。王融倡导于前，谢朓、沈约便推动于后。三人都是贵公子孙，并且从小就很有文采。这样一来，读书人都很仰慕他们，竭力把声律弄得很精密，把花样搞得很细致，一心一意超越别人，这就使作品拘泥得很，损伤了诗的真美。我认为诗本是诵读的，不能疙疙瘩瘩，只要清音浊声通畅流利，读来顺口，也就够了。至于什么"平上去入"，很遗憾，我说不上来；"蜂腰""鹤膝"之类呢，其实民

膝⑯，闾里已具⑰。

间歌谣里本已避免了。

注释

❶二仪：指天、地。

❷唯：发语词。颜宪子：即颜延之，死后谥号“宪子”。律吕音调：律吕是古代音乐的正音器，以竹为之，阴阳各六，阳者为律，阴者为吕，合称十二律，以定乐器的音调。

❸范晔（yè）、谢庄：均见本书卷下。

❹创其首：创始，开头。

❺扬其波：犹言推动。

❻三贤：指王融、谢朓、沈约。

❼文辨：文才。《南齐书·王融传》：“融少而神明警惠，博涉有文才。”《谢朓传》：“朓少好学，有美名。”《梁书·沈约传》说沈约少时“博通群籍，能属文”。可见三人“幼有文辨”。

❽士流：指读书人。

❾襞积：指衣裙上叠出的褶。“襞积细微”形容把诗的声律规定得花样很多。

❿凌架：超越他人之上。

⓫文制：文学作品。讽读：朗诵。

⓬蹇（jiǎn）碍：阻塞，不通畅。

⓭清浊通流：指清音、浊音通畅流利。隋代王通《中说·天地》：“分四声八病，刚柔清浊，各有端序。”一般说来，“清音”指较为轻清的平声字，“浊音”指比较重浊的仄声字。

⓮口吻：口唇。调利：协调流利，即读来顺口。

⓯余病未能：余，我。病，苦于。

⓰蜂腰鹤膝：沈约等人规定的诗歌音律方面的禁忌。

⓱闾里：泛指众人聚居之处。黄侃《文心雕龙札记·声律》：“记室（钟嵘）云：‘蜂腰、鹤膝，闾里已具。’盖谓虽寻常歌谣，亦自然不犯之，可毋严设科禁也。”

解题

本段列举古今优秀五言诗创作的典范。

【原文】

陈思“赠弟”①，仲宣《七哀》②，公幹“思友”③，阮籍《咏怀》④，子卿“双凫”⑤，叔夜“双鸾”⑥，茂先“寒夕”⑦，平叔“衣单”⑧，安仁“倦暑”⑨，景阳“苦雨”⑩，灵运《邺中》⑪，士衡《拟古》⑫，越石“感乱”⑬，景纯“咏仙”⑭，王微“风月”⑮，谢客“山泉”⑯，叔源“离宴”⑰，鲍照“戍边”⑱，太冲《咏史》⑲，颜延“入洛”⑳，陶公《咏贫》之制㉑，惠连《捣衣》之作㉒，斯皆五言之警策者也，所谓篇章之珠泽㉓，文采之邓林㉔。

【译文】

曹植赠送弟弟的诗，王粲的《七哀》诗，刘桢思念友人的诗，阮籍的《咏怀》诗，苏武吟咏“双凫”的诗，嵇康吟咏“双鸾”的诗，张华吟咏“寒夕”的诗，何晏吟咏“衣单”的诗，潘岳吟咏“倦暑”的诗，张协吟咏“苦雨”的诗，谢灵运的《拟魏太子邺中集诗》，陆机的拟古诗，刘琨感叹战乱的诗，郭璞的《游仙诗》，王微吟咏“风月”的诗，谢灵运吟咏“山泉”的诗，谢混吟咏“离宴”的诗，鲍照吟咏“守边”的诗，左思的《咏史》诗，颜延之的《北使洛》，陶潜的《咏贫士》，谢惠连的《捣衣》，这些都是五言诗的精彩之作，可以说荟萃成诗篇的“珠泽”，辞采的“邓林”。

注释

❶陈思“赠弟”：指曹植的五言诗《赠白马王彪》。

❷仲宣《七哀》：指王粲的《七哀诗》。

❸公幹“思友”：指刘桢的《赠徐幹》诗。

❹阮籍《咏怀》：共八十二首。

❺子卿"双凫"：苏武字子卿，西汉人，曾出使匈奴，被扣留数年。"双凫"指其《别李陵》(实为后人伪作)。

❻叔夜"双鸾"：嵇康字叔夜。"双鸾"指其《赠秀才入军》诗。

❼茂先"寒夕"：张华字茂先，其《杂诗》三首之一有"繁霜降当夕"之句，"寒夕"可能指此。

❽平叔"衣单"：何晏字平叔。"衣单"所指不明。

❾安仁"倦暑"：潘岳字安仁，其《在怀县作》二首之一有"隆暑方赫羲"句，但诗旨似非"倦暑"，不知是否其所指。

❿景阳"苦雨"：可能指张协《杂诗》十首之十。

⓫灵运《邺中》：指《拟魏太子邺中集诗》八首。

⓬士衡《拟古》：陆机现存的"拟古"诗共十二首（原十四首）。

⓭越石"感乱"：可能指刘琨《扶风歌》。

⓮景纯"咏仙"：郭璞《游仙诗》共十四首。

⓯王微"风月"：所指不明。

⓰谢客"山泉"：现存谢灵运作品无有关"山泉"的诗，且其代表作《拟魏太子邺中集诗》已列举，此处也许有误。

⓱叔源"离宴"：可能指谢混《送二王在领军府集诗》。

⓲鲍照"戍边"：可能指鲍照《代出自蓟北门行》。

⓳太冲《咏史》：左思字太冲，其《咏史》诗共八首。

⓴颜延"入洛"：指颜延年的《北使洛》。

㉑陶公《咏贫》之制：陶潜《咏贫士》共七首。

㉒惠连《捣衣》之作：见卷中《宋法曹参军谢惠连》条注。

㉓珠泽：传说中产珍珠的地方，见《穆天子传》。"篇章之珠泽"形容以上名篇皆珠圆玉润，汇成"珠泽"。

㉔邓林：传说夸父追日，道渴而死，其手杖化为邓林。见《列子》。"邓林"即"桃林"。"文采之邓林"形容以上名篇文采飞扬，组成"邓林"。

卷上

古诗[1]

【原文】

其体源出于《国风》[2]。陆机所拟十四首[3]，文温以丽[4]，意悲而远，惊心动魄，可谓几乎一字千金。其外"去者日以疏"四十五首[5]，虽多哀怨，颇为总杂[6]，旧疑是建安中曹、王所制。"客从远方来"[7]"橘柚垂华实"[8]，亦为惊绝矣[9]。人代冥灭[10]，而清音独远[11]，悲夫[12]！

【译文】

"古诗"的风格源自《国风》。陆机曾经模拟过的那十四首，语言温雅而秀丽，感情悲怆而深远，读来令人惊心动魄，可以说几乎一字千金。此外"去者日以疏"等四十五首，虽也多写哀怨之情，但风格比较驳杂，过去有人怀疑是建安时代曹植、王粲所作。其中"客从远方来""橘柚垂华实"二首，也算是绝妙的了。"古诗"的作者及其时代，都已经泯没难明了，但其清新的歌声却传之久远，真令人悲惋呵！

注释

❶古诗：汉代一部分五言诗传至齐梁时，其作者、写作年代及篇题均已失考，当时便统称为"古诗"。由此条可知，钟嵘所见到的"古诗"，有陆机曾经模拟过的十四首和另外的四十五首，共五十九首。与钟嵘同时代的萧统选了十九首编入《文选》，世称《古诗十九首》，可以看作"古诗"的代表作。"古诗"的写作年代过去有人认为包括西汉，现在一般认为是东汉末年社会动乱时期的作品，反映的思想感情比较复杂，伤离怨别之情、死生新故之感是其主调，既非作于一人，也非成于一时。

❷体：中国古代文学理论与批评的常用语，主要有两种含意：一是指作品的体裁、样式及其特点，二是指作家作品的风格。这里的"体"意属后者。《诗

品》论源流，除本条外，其余都省掉“体”字，只讲“其源出于某某”，但仍是从“体”即作家作品的风格着眼的。《国风》：《诗经》中共有十五国风，即十五国的民歌。

❸陆机所拟十四首：拟，模拟。西晋、六朝人喜欢模拟前人作品，作为提高创作水平的途径之一。

❹文：《诗品》中的“文”字有两种含意，有时指文词、文采、语言，有时即指“诗”。因当时“文笔之辨”，以“有韵为文，无韵为笔”，则诗属“文”的范围。这里指文词。温：温雅。以：而。

❺其外“去者日以疏”四十五首：指“陆机所拟十四首”之外的四十五首，现在多有亡佚，已不能一一确指。

❻总杂：驳杂，指风格不一。

❼客从远方来：在《古诗十九首》内。

❽橘柚垂华实：不在《古诗十九首》内。

❾惊绝：六朝人习用语，绝妙之意，如王僧虔《论书》：“唯见其笔力惊绝耳。”（《全齐文》卷八）

❿人代：作者及其写作时代。冥灭：泯没不明。

⓫清音：指清新的诗篇。

⓬夫：语尾助词。

汉都尉李陵[1]

【原 文】

其源出于《楚辞》[2]。文多凄怆[3]，怨者之流。陵，名家子[4]，有殊才。生命不谐[5]，声颓身丧[6]。使陵不遭

【译 文】

李陵诗源出于《楚辞》。作品多是悲伤的，属于抒发哀怨情怀的流派。李陵本是名门之后，具有异乎寻常的才能，但命运不顺利，身败名裂。假使李陵不遭受辛酸痛苦，他的作品又怎能达到这

辛苦[7]，其文亦何能至此！

种境界呢！

注释

❶李陵（？—前74）：字少卿，陇西成纪（今甘肃静宁西南）人。武帝时拜骑都尉，率步卒五千出击匈奴，因寡不敌众，矢尽粮绝，兵败投降，汉武帝诛其全家。司马迁认为李陵投降是“欲得当以报汉也”。后病死于匈奴。

❷其源出于《楚辞》：《楚辞》是战国时期楚国民歌，这里指屈原以此形式写的作品。钟嵘认为李陵诗源出于《楚辞》，是从内容的“怨”着眼的，即他是“怨者之流”。怨者，指忧国忧民的人，意指屈原。

❸文：这里指“诗”。凄怆：悲伤。

❹名家子：因李陵是西汉名将李广的孙子，故称。

❺谐：和谐，顺利。

❻声颓身丧：犹言身败名裂。颓，败落。司马迁《报任少卿书》：“李陵既生降，陨其家声。”

❼使陵不遭辛苦：参阅前文有关李陵的不幸遭遇。

汉婕妤班姬[1]

【原文】

其源出于李陵[2]。《团扇》短章[3]，辞旨清捷[4]，怨深文绮[5]，得匹妇之致[6]。侏儒一节，可以知其工矣[7]。

【译文】

班姬诗源出于李陵。《团扇》这首短诗，诗意清新明快，怨思深沉，文采绮丽，体现出一位普通女子的情致。从这么一首小诗，就可以推知她作诗的工巧。

注释

❶班姬（生卒年不详）：楼烦（今山西宁武）人。班固的祖姑。汉成帝初年，以才学被选入宫，甚得宠爱，立为“婕妤”。后来赵飞燕姐妹得幸，她遭到谗妒，便请求居长信宫奉养皇太后，并作赋自伤。成帝死后，奉守陵园，死于园中。“婕妤”是宫中女官。《汉书·外戚传》有传。

❷其源出于李陵：钟嵘认为班姬诗出于李陵，也是从“怨”着眼的。

❸《团扇》短章：关于《团扇》诗，《汉书》未载。江淹有《班婕妤咏扇》诗，谢朓《和王主簿季哲怨情》诗也提到此诗。现在一般认为是六朝以前的伪作。

❹辞旨：诗意。清捷：清新明快。

❺绮：一种有花纹的丝织品，引申为文采绮丽。

❻匹妇：一般妇女。致：情趣。

❼侏儒一节，可以知其工矣：侏儒本为屋梁上的短柱，用以比喻矮人。一节，一段。古代谚语说：“侏儒见一节，而长短可知。”意谓看到“侏儒”身体的一部分，便可推知其高矮。这里指由班姬的一首短诗，便可想见她作诗的工巧。

魏陈思王植①

【原 文】

其源出于《国风》②。骨气奇高③，词采华茂，情兼雅、怨④，体被文、质⑤，粲溢今古⑥，卓尔不群⑦。嗟乎⑧！陈思之于文章也⑨，譬人伦之有周孔⑩，鳞羽之有龙凤⑪，音乐之有琴笙⑫，女

【译 文】

曹植的诗源出于《国风》。思想感情高迈不凡，语言文采华美生动，具有雅正与哀怨相结合的诗情、华丽与质实相统一的风格。他的作品闪耀千古诗坛，卓越超群。呵！曹植对于写诗来说，如同人类中有周公、孔子，动物中有神龙、凤凰，乐器中有琴、笙，妇女手工织品中有黼黻，使得那些舞文弄墨的诗人词

工之有黼黻[13]，俾尔怀铅吮墨者[14]，抱篇章而景慕，映余晖以自烛[15]。故孔氏之门如用诗，则公干升堂，思王入室，景阳、潘、陆，自可坐于廊庑之间矣[16]。

客，怀抱他的诗篇而崇拜仰慕，借着其光辉照亮自己创作的道路。所以孔子的门人弟子若是以诗来衡量高下，则刘桢可以说是"升堂"，曹植可以说是"入室"，张协、潘岳、陆机，也不过刚刚入门罢了。

注释

❶曹植（192—232）：字子建，沛国谯（今安徽亳州）人。曹操第三子。幼聪明勤学，文思敏捷，曹操曾欲立为太子，后失宠，立次子曹丕。曹操死后，曹丕称帝，曹植受到猜忌与迫害，曾被数次更换封地。魏明帝曹叡太和六年（232），封陈王，不久病死，谥号"思"，故世称"陈思王"。《三国志·魏书》卷十九有传。有《陈思王集》。现存诗八十多首，其中五言六十多首（据《全汉三国晋南北朝诗》，下同）。

❷其源出于《国风》：钟嵘说曹植诗出于《国风》，是从"雅"着眼的，即"骨气奇高，词采华茂"，既有充实的思想感情，又有鲜明的文采。古人认为包括《国风》在内的《诗经》是"雅正"的。

❸骨气：原是汉魏以来"清议""清谈"品评人物的用语。在文学评论中，"骨"着重指作品中深藏于内的思想及立意的强直，"气"着重指发露于外的感情及气势的强劲。

❹情兼雅、怨：意谓曹植诗兼有雅正之情和哀怨之情。在钟嵘看来，"雅情"是《国风》系的主要特点，"怨情"是《楚辞》系的主要特点。"雅情"是那种含有讽谕、规诲的思想感情，"怨情"是那种失意、哀怨之情。

❺体：这里指体貌，即作品的基本风貌。被：覆盖。文、质：古代文学理论批评的重要术语。二字连用，主要有两种含义：一是就内容与形式言，"文"指形式，"质"指内容；二是单就形式言，"文"是华丽，"质"是质实。这里的"文质"，侧重就形式言，指曹植的作品既有文采，又很质实，即质而不俚，华而不浮。

❻粲：鲜明，这里指作品的光辉。溢：水满。

❼卓尔：形容高的样子。

❽嗟乎：表赞叹的词。

❾文章：对诗赋的统称。

❿人伦：人类。周孔：周公旦与孔丘。古人认为周、孔都是圣人。《孟子·离娄上》篇："圣人，人伦之至也。"

⓫鳞羽：鳞，指有鳞的动物；羽，指有翼的动物。此二字概言整个动物界。古人认为龙是鳞类中的神物，凤是鸟类中的灵禽。

⓬音乐之有琴笙：古人认为琴、笙是最好的乐器，如嵇康《琴赋序》："众器之中，琴德最优。"（《文选》卷十八）潘岳《笙赋》："惟笙也，能总众清之林。"（《文选》卷十八）

⓭女工之有黼（fǔ）黻（fú）："女工"指妇女手工艺劳动。"黼黻"是古代礼服上所绣的花纹，黑白相交叫"黼"，黑青相交叫"黻"。

⓮俾（bǐ）：使。尔：那。铅：古代修改错字的一种粉笔。吮墨：用舌头舔毛笔尖，是古人写作构思的一种习惯。怀铅吮墨者，指从事写作的人。

⓯余晖：指曹植作品所流溢的光辉。晖，日光。自烛：照亮自己。这里指受到启迪，豁然开朗。

⓰孔氏之门：指孔子的门人弟子。公干：刘桢。景阳：张协。潘：潘岳。陆：陆机。以上都是《诗品》列为上品的诗人。堂、室：古代房屋外间称堂，里面的称室。廊庑（wǔ）：古代正房外面的廊屋。"坐于廊庑之间"比喻刚刚入门，"升堂"比喻进入较高阶段，"入室"比喻入于精奥。

魏文学刘桢①

【原 文】

其源出于"古诗"②。仗气爱奇③，动多振绝④。贞骨凌霜，高风跨俗⑤。

【译 文】

刘桢的诗源出于"古诗"。他为人气盛，好发奇异不凡之语，往往多有绝妙之句。诗意刚健，凌霜傲雪；感情高迈，超凡出俗。

但气过其文，雕润恨少[6]。然自陈思以下，桢称独步。

但其文气超过了文采，雕饰润色可惜少了点儿。然而除了曹植，刘桢可以说是独一无二的了。

注释

❶刘桢（？—217）：字公幹，东平宁阳（今山东宁阳北）人，“建安七子”之一（其他六人为孔融、陈琳、王粲、徐幹、阮瑀、应玚）。曾任五官中郎将文学。事迹见《三国志·魏书》卷二十一。有《刘公幹集》。现存五言诗十五首。

❷其源出于“古诗”：钟嵘说刘桢诗源出“古诗”，不明所指。

❸气：这里指人的个性、气质。单言一个“气”字，往往有“气盛”之意。刘桢气盛而作品有气势，是魏晋以来的普遍看法，如曹丕《与吴质书》：“公幹有逸气，但未遒耳。”《文心雕龙·体性》篇说：“公幹气褊，故言壮而情骇。”

❹动多振绝：“动”是六朝时习用语，如宋文帝《诫江夏王义恭书》：“今既分张，言集未日，无由复得，动相规诲。”（《全宋文》卷四）“动”有“动辄”“往往”之意。

❺贞骨凌霜，高风跨俗：指刘桢作品的思想内容而言。“贞”是坚贞之意。跨俗，超越流俗。何焯《义门读书记》评刘桢《赠从弟》三首说：“‘峻骨凌霜，高风跨俗’，要惟此等足当之。”

❻雕润：雕饰润色。“雕润恨少”指语言形式而言。

魏侍中王粲[1]

【原文】

其源出于李陵[2]。发愀怆之词[3]，文秀而质羸[4]。在曹、

【译文】

王粲的诗源出于李陵。写下了悲凄的词句，文采秀丽，而气势较弱。

刘间，别构一体[5]。方陈思不足[6]，比魏文有余[7]。

在曹植、刘桢之间，另外形成一种风格。其成就比曹植不足，比曹丕有余。

注释

❶王粲（177—217）：字仲宣，山阳高平（今山东微山西北）人，“建安七子”之一，官至侍中。传在《三国志·魏书》卷二十一。有《王侍中集》。现存诗二十四首，其中五言十五首。

❷其源出于李陵：钟嵘说王粲诗源出李陵，是从“愀怆”着眼的（李陵诗“凄怆”）。

❸愀（qiǎo）怆：悲伤貌。谢灵运《拟魏太子邺中集诗》说王粲“家本秦川贵公子孙，遭乱流寓，自伤情多”。

❹文秀而质羸：文，文采。秀，美。羸（léi），瘦弱，这里指王粲诗气势较弱。曹丕《与吴质书》说：“仲宣独自善于辞赋，惜其体弱，不足起其文。”

❺在曹、刘间，别构一体：曹、刘指曹植、刘桢。体，风格。钟嵘认为曹植诗“骨气奇高，词采华茂”，文质兼备；刘桢诗“气过其文，雕润恨少”，质胜于文；王粲诗则“文秀而质羸”，文胜于质，与曹、刘的风格不同，所以这样说。

❻方：比。

❼魏文：即魏文帝曹丕，见卷中《魏文帝》条注。

晋步兵阮籍[1]

【原文】

其源出于《小雅》[2]。无雕虫之功[3]，而《咏怀》之

【译文】

阮籍的诗源出于《小雅》。他并不在雕章琢句上下功夫，而《咏怀》诗可以

作[4]，可以陶性灵[5]，发幽思[6]。言在耳目之内，情寄八荒之表[7]，洋洋乎会于《风》《雅》[8]，使人忘其鄙近[9]，自致远大[10]。颇多感慨之词。厥旨渊放[11]，归趣难求[12]。颜延注解，怯言其志[13]。

陶冶人们的心灵，激发人们深邃的思考。写的都是耳闻目见的事物，感情深远，优美动人，合于《风》《雅》的精神，使得读者忘记其字面上的浅近，而自会体验到一种远大的艺术境界。诗中有许多感叹的词语。其主旨深远，指归是很难索解的。颜延之做过注解，却不敢说出其意志之所在。

注释

❶阮籍（210—263）：字嗣宗，陈留尉氏（今属河南）人，父阮瑀是“建安七子”之一（见卷下）。他生当魏晋易代之际，政治险恶，故纵酒佯狂，言语谨慎，以避灾祸。与嵇康、山涛、向秀、阮咸、王戎、刘伶游于竹林，世称“竹林七贤”。曾任步兵校尉等职。传在《晋书》卷四十九。有《阮步兵集》。现存诗八十七首，其中五言八十二首。

❷其源出于《小雅》：《诗经》分《风》《雅》《颂》三部分，《雅》又分《大雅》《小雅》。刘熙载《艺概·诗概》认为“《小雅》之变，多忧生之意。”钟嵘说阮籍诗源出《小雅》，或许从“忧生之嗟”着眼。详见下注。

❸雕虫之功：汉代扬雄曾把写作辞赋称为“童子雕虫篆刻”（《法言·吾子》）。虫，虫书，秦汉时八种字体之一。雕虫，这里指雕章琢句。功，功夫。

❹《咏怀》：阮籍八十二首五言诗的总称。

❺陶：陶冶。性灵：性情，心灵。

❻发：启发，激发。幽：深。

❼八荒：八方荒旷而极远之地。表：外。

❽洋洋：美貌。语出《论语·泰伯》：“子曰：师挚之始，《关雎》之乱，洋洋乎盈耳哉。”这里形容《咏怀》诗所产生的艺术美感。会于《风》《雅》：指《咏怀》诗的思想感情与《风》《雅》相合。

❾鄙近：鄙俚浅近。阮籍作品在语言上不事雕饰，在写法上好用具体事物比

兴、象征、暗示，因此从字面上似乎浅近易明，即“言在耳目之内”。

⑩致：至，达到。

⑪厥（jué）：其。旨：意。渊：深。放：广。《文心雕龙·明诗》篇：“阮旨遥深。”《体性》篇：“嗣宗俶傥，故响逸而调远。”

⑫归趣难求：“归趣”指诗意之所归。何焯《义门读书记》说：“《咏怀》之作，其归在于魏晋易代之事，而其词旨亦复难以直寻。若篇篇附会，又失之也。”

⑬颜延注解，怯言其志：颜延之字延年，曾注释过《咏怀》诗，见《文选》卷二十三。他说：“嗣宗身仕乱朝，常恐罹谤遇祸，因兹发咏，故每有忧生之嗟。虽志在刺讥，而文多隐避，百代之下，难以情测。故粗明大意，略其幽旨也。”

晋平原相陆机[1]

【原 文】

其源出于陈思[2]。才高词赡[3]，举体华美[4]。气少于公幹，文劣于仲宣。尚规矩[5]，贵绮错[6]，有伤直致之奇[7]。然其咀嚼英华[8]，厌饫膏泽[9]，文章之渊泉也[10]。张公叹其大才，信矣[11]。

【译 文】

陆机的诗源出于曹植。才华高超，辞采丰富，整体都很华丽优美。气势不及刘桢，文采逊于王粲。崇尚古诗的法度规范，重视错综变化，却损伤了作品的直率自然之美。但他钻研古代优秀的文学遗产，从中广泛吸取营养，所以称之为文章的“渊泉”。张华曾经赞叹他是“大才”，确乎如此。

注 释

❶陆机（261—303）：字士衡，吴郡吴县华亭（今上海市松江区）人。三国时吴国名将之后，曾任牙门将。吴亡后，数年不仕，闭门勤学。太康末与弟陆

云赴晋都洛阳，曾官平原内史，世称陆平原。传在《晋书》卷五十四。有《陆平原集》。现存诗九十多首，其中五言六十首。

❷其源出于陈思：钟嵘说陆机诗源出于曹植，可能是从“华美”等处着眼的（曹植诗“华茂”）。

❸赡：丰富。

❹举体：全体，遍体。

❺尚：注重，爱好。规矩：这里指古诗的体式、法度。“尚规矩”指陆机写诗注重模拟古诗的体式。

❻绮错：交错。这里指写诗错综变化，灵活不板。

❼直致：唐殷璠《河岳英灵集序》：“至如曹、刘，诗多直致，语少切对。”“直致”大体上是直抒其情、率直自然之意，与本书《序》所说的“直寻”相似。

❽英华：精华，指前代优秀的文学作品。

❾厌饫（yù）：饱食。膏泽：指养分。“咀嚼英华”“厌饫膏泽”俱指陆机博览群书，广泛吸收文学遗产的营养。

❿渊泉：深泉，比喻陆机诗含意深沉。本书下一条评潘岳说：“陆才如海。”《文心雕龙·才略》篇说：“陆机才欲窥深，辞务索广。”都认为陆机作品有“深”的特点。

⓫张公叹其大才，信矣：张公指张华，详见卷中《晋司空张华》条注。信，诚然，确实。

晋黄门郎潘岳①

【原 文】

其源出于仲宣②。《翰林》叹其翩翩奕奕，如翔禽之有羽毛③，衣服之有绡縠④，犹浅于

【译 文】

潘岳的诗源出于王粲。李充《翰林论》叹赏他的作品轻妙优美，犹如飞鸟的羽毛，衣服上的纱绸，但比陆机的作品浅些。谢混说：“潘岳的诗像

陆机。谢混云[⑤]：“潘诗烂若舒锦[⑥]，无处不佳；陆文如披沙简金[⑦]，往往见宝。”嵘谓益寿轻华[⑧]，故以潘为胜；《翰林》笃论[⑨]，故叹陆为深。余常言：“陆才如海，潘才如江[⑩]。”

舒展的锦缎那么鲜丽，没有一处败笔；陆机的诗则像沙里淘金，有时也能发现佳句。”我认为谢混本人的诗风轻浮华艳，所以以潘岳为优；《翰林论》注重思想内容，所以叹赏陆诗的深沉。我常说：“陆机的才华犹如海洋，潘岳的才华犹如江河。”

注释

❶潘岳（247—300）：字安仁，荥阳中牟（今属河南）人。《晋书》本传说他“美姿仪，辞藻绝丽，尤善为哀诔之文”。诗文与陆机齐名，世称“潘陆”。曾任河阳令、著作郎、给事黄门侍郎等职。传在《晋书》卷五十五。有《潘黄门集》。现存诗十八首，其中五言十二首。

❷其源出于仲宣：钟嵘说潘岳诗源出王粲，是从文采绮丽上着眼的（王粲诗“文秀”）。

❸《翰林》：即李充《翰林论》，见《序》注。

❹绡（xiāo）縠（hú）：轻纱、薄绢一类丝织品。

❺谢混：小字益寿，详见卷中。

❻烂：灿烂。舒锦：舒展开的锦缎。

❼披：排除。简：同“拣”，选择。披沙简金，犹去粗取精，意谓陆机作品杂芜，须经剔抉，方见精华。

❽轻华：指谢混诗作的风格特征。“轻华”与“骨气”相对，有“轻浮华艳”之意。本书卷中评谢混：“才力苦弱，故务其清浅，殊得风流媚趣。”即“轻华”的具体表现。这与潘岳的风格有类似之处，故他称美潘岳。

❾笃论：重议论，即重视思想内容。

❿陆才如海，潘才如江：指陆、潘作品的风格。如海，形容深广。如江，形容流丽。《晋书》卷五十五史臣曰：“机文喻海，韫蓬山而育芜；岳藻如江，濯美锦而增绚。”

晋黄门郎张协[1]

【原文】

其源出于王粲[2]。文体华净，少病累[3]，又巧构形似之言[4]。雄于潘岳，靡于太冲[5]。风流调达[6]，实旷代之高才。词采葱蒨[7]，音韵铿锵[8]，使人味之，亹亹不倦[9]。

【译文】

张协的诗源出于王粲。风格华美明净，很少瑕疵，又善于创造形象逼真的语言。比潘岳的作品刚健，比左思的作品华美。张协风流潇洒，实是一代少有的大才。其辞采鲜明生动，其音韵清脆响亮，人咀嚼欣赏时，感到津津有味，不觉疲倦。

注释

❶张协（？—307）：字景阳，安平武邑（今属河北）人。有文才，与兄张载、弟张亢合称“三张”。曾任秘书郎、河间内史等职。后见天下多故，遂隐居不仕。传在《晋书》卷五十五。有《张景阳集》。现存五言诗十三首。

❷其源出于王粲：钟嵘说张协诗源出于王粲，是从“华净”“葱蒨”上着眼的。

❸病累：指诗的语言和表现上的毛病、瑕疵。

❹形似：形象逼真。宋代胡仔《苕溪渔隐丛话》说：“形似之语，如镜取形、灯取影也。”

❺靡：美。

❻调达：潇洒貌。

❼葱蒨（qiàn）：草木青翠的样子。这里形容辞采鲜明生动。

❽铿锵：金属相撞击声。这里形容音韵清脆嘹亮。

❾亹亹（wěi）：勤勉貌。

晋记室左思[1]

【原 文】

其源出于公幹[2]。文典以怨[3]，颇为精切[4]，得讽谕之致[5]。虽野于陆机[6]，而深于潘岳。谢康乐尝言[7]：“左太冲诗，潘安仁诗，古今难比。”

【译 文】

左思的诗源出于刘桢。作品典雅而又有怨刺之意，很为精当贴切，体现出讽谕时政的旨趣。虽比陆机诗质实，却又比潘岳诗深沉。谢灵运说过：“左思的诗，潘岳的诗，古今难比。”

注 释

❶左思（约 250—约 305）：字太冲，齐国临淄（今山东淄博市临淄区北）人。出身寒微，不好交游，潜心治学。曾任秘书郎。后隐居。传在《晋书·文苑传》。现存诗十四首，其中五言十二首。

❷其源出于公幹：钟嵘说左思诗出于刘桢，一是从形式上着眼，刘桢诗“雕润恨少”，左思诗“野”，都是质胜于文；二是从内容上着眼，左思诗有“风力”（卷中评陶潜“又协左思风力”），刘桢诗“仗气爱奇”，也便是有“风力”之意。

❸文典以怨：“典”即典雅，“怨”即怨刺。指左思《咏史》诗灵活借用古人的事迹（典故），写自己的不平之感，讽刺、抨击门阀制度。

❹精切：精当贴切。指《咏史》诗将古人事迹与个人抱负融为一体，贴切妙合。

❺得讽谕之致：委婉曲折地表达讽刺之意叫“讽谕”。致，情趣。

❻野：《论语·雍也》：“质胜文则野。”故“野”即质朴而少文采之意。古人认为诗文“典”，则有可能失之于“野”。钟嵘的看法也是如此。他认为左思诗有“典”的优点，又有“野”的缺陷。

❼谢康乐：谢灵运。尝：曾经。

宋临川太守谢灵运[1]

【原文】

其源出于陈思，杂有景阳之体[2]，故尚巧似[3]，而逸荡过之[4]，颇以繁芜为累。嵘谓若人兴多才高[5]，寓目辄书[6]，内无乏思[7]，外无遗物[8]，其繁富宜哉[9]！然名章迥句[10]，处处间起[11]；丽典新声[12]，络绎奔会[13]，譬犹青松之拔灌木，白玉之映尘沙[14]，未足贬其高洁也[15]。初，钱塘杜明师夜梦东南有人来入其馆[16]，是夕，即灵运生于会稽。旬日，而谢安亡[17]。其家以子孙难得，送灵运于杜治养之[18]，十五方还都[19]，故名“客儿”。

【译文】

谢灵运的诗源出于曹植，兼有张协的风格，因而注重巧妙逼真地描写外物，但笔墨比张协放纵，常常造成繁芜的毛病。我认为他感兴多，才气高，看到就写，胸中有着不竭的灵感，外界没有未写到的景物，其作品繁富，就是自然而然的了。但脍炙人口的章节，传诵久远的句子，处处闪现在作品中；既秀丽又典雅的新诗句，不断地奔集于笔下。正如青松挺拔于灌木丛中，白玉辉映在尘埃沙土中，并不足以有损它们的高大、洁白。起先，钱塘人杜明师夜里梦见东南方向有人进入他的住所，那晚谢灵运就生于会稽。过了十天，谢安就亡故了。他家觉得难得有个子孙，就把他送到杜家的静室寄养着，十五岁才回到京都，所以取名叫“客儿”。

注释

❶谢灵运（385—433）：小名“客儿”，故又称“谢客”。陈郡阳夏（今河南太康）人，世居会稽（治今浙江绍兴）。出身于当时著名的世家豪族。曾袭封康

乐公，故世称“谢康乐”。入宋后，任永嘉太守、临川内史等职。传在《宋书》卷六十七、《南史》卷十九。有《谢康乐集》。现存诗约九十首，其中五言约八十首。

❷其源出于陈思，杂有景阳之体：钟嵘说谢灵运诗出于曹植，可能是从“才高词盛”（《序》）、“丽典”方面着眼的。说他“杂有景阳之体”，则显指“尚巧似”（张协“巧构形似之言”）。

❸巧似：巧妙逼真地描绘外物的形象。

❹逸荡过之：《列子·杨朱》篇说：“桀藉累世之资，居南面之尊……恣耳目之所娱，穷意虑之所为，熙熙然以至于死，此天民之逸荡者也。”可知“逸荡”即放纵而不节制之意。“过之”的“之”指张协。

❺兴：指感兴，即由外物所引发的创作激情与灵感。

❻寓目：看到。辄：则，便。

❼乏思：指诗思枯竭。

❽遗物：指未被写到的景物。

❾其繁富宜哉：意谓谢灵运由于“兴多才高，寓目辄书”，纵情描绘，缺乏剪裁，因而造成作品“繁富”的病累，是自然而然的事情。宜，有其原因之意。

❿迥（jiǒng）：远。

⓫间起：不断涌现。

⓬丽典：秀丽而又典雅。《文心雕龙·封禅》篇：“《封禅》丽而不典，《剧秦》典而不实。”“丽”而能“典”，即既秀丽又典雅，是一个很高的要求。

⓭络绎奔会：连续不断地奔涌汇合。

⓮拔：超出。此二句中的“青松”“白玉”喻谢诗中那些“名章迥句”“丽典新声”，“灌木”“尘沙”喻那些繁冗的一般化的句子。

⓯高：指青松高大。洁：指白玉洁白。

⓰杜明师：生平事迹不详。

⓱谢安：出身士族，孝武帝时，位至宰相。淝水之战任大都督，获大捷。

⓲治：此处原注：“治音稚，奉道之家靖室也。”“靖室”即“静室”。

⓳都：指东晋首都建康（今南京）。

卷中

汉上计秦嘉[1]　嘉妻徐淑[2]

【原文】

夫妻事既可伤，文亦凄怨[3]。二汉为五言者，不过数家，而妇人居二[4]。徐淑叙别之作[5]，亚于《团扇》矣[6]。

【译文】

秦嘉、徐淑夫妻离别之事既令人伤心，诗也写得凄楚哀怨。汉代写五言诗的不过几个人，而女作家就占了两名。徐淑抒写离愁别恨的作品，次于班姬的《团扇》诗。

注释

❶秦嘉（生卒年不详）：字士会，陇西（治今甘肃临洮南）人。东汉桓帝时，为陇西郡上计吏（汉时由地方派到中央办事的官吏），奉使入京都洛阳，留为黄门郎，数年后病死于京。现存诗五首，其中五言三首。

❷徐淑（生卒年不详）：秦嘉妻。秦嘉死后，她矢志不嫁，后因悲痛而死。现存五言《答秦嘉诗》一首。

❸夫妻事既可伤，文亦凄怨：据《玉台新咏》卷九记载，秦嘉为上计吏赴京之时，徐淑正生病住在母家，无法告别，便写了《赠妇诗》三首。徐淑后来写了《答秦嘉诗》。

❹二汉为五言者，不过数家，而妇人居二：指汉代诗人而言。《诗品》所评汉代五言诗人除“古诗”外，有李陵、秦嘉、班固、郦炎、赵壹以及班姬、徐淑两位女诗人。

❺叙别之作：指《答秦嘉诗》。

❻亚于：次于。《团扇》：即班姬《怨歌行》。

魏文帝[1]

【原 文】

其源出于李陵，颇有仲宣之体[2]。新歌百许篇[3]，率皆鄙直如偶语[4]。唯“西北有浮云”十余首[5]，殊美赡可玩[6]，始见其工矣。不然，何以铨衡群彦[7]，对扬厥弟者耶[8]？

【译 文】

魏文帝曹丕的诗源出于李陵，并有点王粲的风格特色。他那总共一百来篇诗，大都俚俗质朴，跟人们平常的对话差不多。只有“西北有浮云”等十几首，倒很华美丰富，耐人寻味，才看得出他的工巧。要不怎么能够评论当时的济济多士，并与其弟曹植相呼应呢？

注 释

❶魏文帝：曹丕（187—226），字子桓，曹操次子。建安十六年（211）为五官中郎将，二十二年（217）被立为魏太子，二十五年（220）曹操死后，废汉献帝，自立为帝。他倡导文学，爱好创作，并著有《典论·论文》，为我国古代最早的文学理论与批评专文。传在《三国志·魏书》卷二。有《魏文帝集》。现存诗四十余首，其中五言二十余首。

❷其源出于李陵，颇有仲宣之体：从本条行文逻辑上看，钟嵘说曹丕诗源出于李陵，是因为他的诗大部分“鄙直”。又说曹丕诗“颇有仲宣之体”，显然是着眼于其小部分诗“美赡可玩”（王粲诗“文秀”）。

❸新歌百许篇：这个数字是钟嵘当时所见到的。

❹率皆：大都。鄙直：鄙俚质朴。偶语：对话。胡应麟《诗薮·内编》说曹丕“乐府虽酷是本色，时有俚语”。

❺西北有浮云：曹丕《杂诗》中的句子。

❻殊：很。美赡：华美丰富。玩：玩味。

❼铨衡群彦：铨、衡都是称量轻重之器，这里用作动词，是“衡量”“评论”之意。群彦，济济人才。这里指“建安七子”等人，曹丕《典论·论文》及《与吴质书》等曾评论过他们作品的长短、得失。

❽对扬：对答，称扬。这里有“呼应”之意。厥弟：其弟，指曹植。

魏中散嵇康①

【原 文】

颇似魏文②。过为峻切③，讦直露才④，伤渊雅之致。然托谕清远⑤，良有鉴裁⑥，亦未失高流矣。

【译 文】

嵇康的诗很类似曹丕。过于峻烈激切，直言不讳，太露锋芒，损伤了那种深沉雍雅的情致。但其寄托的情志清峻而深远，很有见识，也不失为高明的诗人了。

注 释

❶嵇康（223—262）：字叔夜，谯郡铚县嵇山（今属安徽涡阳）人。博学多识，精通音律。与魏宗室通婚，曾任中散大夫。他崇尚老庄，倡导“自然”，以对抗司马氏标榜的“名教”。与阮籍为“神交”，是“竹林七贤”之一。传在《晋书》卷四十九。现存诗五十三首，其中五言九首。

❷颇似魏文：钟嵘说嵇康诗颇似曹丕，可能指其过于直露而少文饰，与曹丕诗的“鄙直”有相似之处。

❸峻切：严峻激切。《文心雕龙·明诗》篇说“嵇志清峻”。

❹讦（jié）直：直言不讳。《论语·阳货》：“恶讦以为直者。”露才：显示自己的才能，犹锋芒毕露。

❺托谕：托物以讽谕。托谕、讽谕等是古代对诗的表现手段的传统要求，即以“比兴”的方法含讽谕之旨，不使过于直露，合于儒家“温柔敦厚”的诗教。

❻良：很，甚。鉴裁：鉴别评判，这里指有见识。

晋司空张华[1]

【原 文】

其源出于王粲[2]。其体华艳，兴托不奇[3]。巧用文字，务为妍冶[4]。虽名高曩代[5]，而疏亮之士[6]，犹恨其儿女情多，风云气少[7]。谢康乐云："张公虽复千篇，犹一体耳[8]。"今置之中品，疑弱；处之下科，恨少[9]。在季孟之间矣[10]。

【译 文】

张华的诗源出于王粲。风格华丽艳美，寓意平凡无奇。善于巧妙地运用文字，极力进行藻饰润色。虽然在前代名声很高，但有眼光的人，还嫌他的作品柔婉之情太多，慷慨之气太少。谢灵运说："张华虽然写的很多，却是千篇一律。"现在把他放到中品，似乎是高了点儿；放到下品呢，又怕是低了点儿。在二者之间罢了。

注 释

❶张华（232—300）：字茂先，范阳方城（今河北固安西南）人。魏末已出仕。入晋后，初为黄门侍郎，后因平吴之功，封广武县侯，历任太子少傅、中书监等官职。官至司空。传在《晋书》卷三十六。有《张司空集》。现存诗约三十首，其中五言二十多首。

❷其源出于王粲：钟嵘说张华诗源出王粲，是从"华艳"而"气少"着眼的（王粲诗"文秀"而"质羸"）。

❸兴托：托意，寓意。奇：这里指豪壮不凡。

❹妍冶：原指女子修饰得很艳丽，这里形容文辞的藻饰润色。《文心雕龙·时序》篇说："茂先摇笔而散珠。"

❺曩（nǎng）代：往代。指晋代。

❻疏亮之士：有眼光的人。

❼儿女情多，风云气少："儿女情"指缠绵柔婉的感情。"风云气"与"风力"意思相近，指豪迈慷慨的气势。何焯《义门读书记》评张华《励志诗》说："张公诗惟此一篇，余皆女郎诗也。"

❽一体：一种体式。

❾科：等级，下科即下品。

❿季孟之间：季，指季孙氏，是春秋时鲁国上卿；孟，指孟孙氏，是鲁国下卿。据《论语·微子》记载，齐景公说要把孔子的地位置于"季孟之间"。这里指张华在文学史上的地位在中、下品之间。

魏尚书何晏[①] 晋冯翊守孙楚[②] 晋著作王赞[③] 晋司徒掾张翰[④] 晋中书令潘尼[⑤]

【原 文】

平叔"鸿鹄"之篇[⑥]，风规见矣[⑦]。子荆"零雨"之外[⑧]，正长"朔风"之后[⑨]，虽有累札[⑩]，良亦无闻[⑪]。季鹰"黄华"之唱[⑫]，正叔"绿蘩"之章[⑬]，虽不具美[⑭]，而文彩高丽。并得虬龙片甲，凤凰一毛[⑮]。事同驳圣，宜居中品[⑯]。

【译 文】

何晏的"鸿鹄"之篇，表现出讽谕规劝之旨。孙楚除了"零雨"一诗，王赞除了"朔风"一诗，虽还有不少作品，实在也没有什么名篇了。张翰吟咏"黄花"的作品，潘尼描写"绿蘩"的篇章，虽非尽善尽美，但语言文采却高雅华丽。这些人都学得了曹植诗的一鳞半爪，与所谓"驳圣"相同，应当居于中品。

注释

❶何晏（约190—249）：字平叔，南阳宛县（今河南南阳）人。正始初，任散骑侍郎，迁侍中，又任吏部尚书，与曹爽谋诛司马懿，事败被杀。他与王弼同为魏晋玄学的开创者，著有《道德论》等。传在《三国志·魏书》卷九。现存五言诗二首。

❷孙楚（约218—293）：字子荆，太原中都（今山西平遥西南）人。晋惠帝初，为冯翊太守。传在《晋书》卷五十六。有《孙子荆集》。现存诗六首，其中五言二首。

❸王赞（生卒年不详）：字正长，义阳（今河南新野）人。曾任司空掾、著作郎、散骑侍郎等官职。事迹见《晋书·文苑传》及《文选》卷二十九注引臧荣绪《晋书》。现存诗四首，其中五言一首。

❹张翰（生卒年不详）：字季鹰，吴郡（治今江苏苏州）人。曾任大司马东曹掾。"司徒掾"之职，未见记载。后见天下将乱，辞官回乡。传在《晋书·文苑传》。现存诗六首，其中五言三首。

❺潘尼（约250—约311）：字正叔，潘岳之侄，时称"两潘"。曾任太常博士。后因参与平定赵王司马伦之乱，封安昌公。传在《晋书》卷五十五。有《潘太常集》。现存诗二十首，其中五言诗十二首。

❻鸿鹄：指何晏《拟古》诗。

❼风规："风"即讽谕，"规"即规谏。这里指其诗有讽时自规之意。见：现。

❽零雨：指孙楚的《征西官属送于陟阳候作》。诗中有"晨风飘歧路，零雨被秋草"的句子。

❾朔风：指王赞的《杂诗》。诗的开头说："朔风动秋草，边马有归心。"

❿累札：累，积累，聚集。札，古代用以记事的木片。"累札"犹言"连篇累牍"。

⓫良：诚然，实在。

⓬黄华："华"同"花"。张翰《杂诗》有"青条若总翠，黄华如散金"句。

⓭绿蘩：潘尼《迎大驾》诗有"青松荫修岭，绿蘩被广隰"句。蘩（fán），一种野草，即款冬。

⓮具美：尽美。"具"同"俱"。

⑮并得虬龙片甲，凤凰一毛：虬（qiú）龙是传说中有角的龙。“虬龙”“凤凰”即所谓“龙凤”，都指曹植。钟嵘又认为曹植是“文章之圣”。“并得虬龙片甲，凤凰一毛”意谓何晏等五人都学得了曹植诗的一枝一节。此五人当是“源出曹植”的。

⑯事同驳圣，宜居中品：驳是“不纯”之意。东汉王符《潜夫论·实贡》篇说：“夫圣人纯，贤者驳，周公不求备。”则“驳圣”意为不够纯粹完备的圣人，即“贤者”。“事同驳圣”的“圣”指曹植。全句意谓何晏等人与那些较圣人差一点儿的“贤者”相同，他们的作品“不具美”，但也学得了“文章之圣”曹植诗的一鳞半爪，故比曹植低一等，应居中品。

魏侍中应璩[1]

【原 文】

祖袭魏文[2]。善为古语[3]。指事殷勤[4]，雅意深笃，得诗人激刺之旨[5]。至于“济济今日所”[6]，华靡可讽味焉[7]。

【译 文】

应璩的诗承袭曹丕。善于运用古朴的语言。指斥时事曲折尽意，诗意雅正深厚，体现出《诗经》作者们的激切讽刺精神。至于“济济今日所”一诗，则又很华美，读起来耐人寻味。

注 释

❶应璩（190—252）：字休琏，汝南南顿（今河南项城西）人，“建安七子”应玚之弟。曾任散骑常侍、侍中等。传附《三国志·魏书》卷二十一。有《应休琏集》。现存五言诗七首。

❷祖袭魏文：钟嵘说应璩诗“祖袭”曹丕，显然指应璩诗多数语言古朴而少数“华靡”（曹丕诗“率皆鄙直如偶语”，只有十余首“美赡”）。

❸古语：古朴的语言。

❹指事：指说事情，指应璩《百一诗》“讥切时事”（《文选》注引《楚国先贤传》）。殷勤：曲折尽意。

❺得诗人激刺之旨：诗人指《诗经》的作者们。激刺，激切地讽刺。古人认为《诗经》的诗分“美”“刺”两类，前者是歌功颂德之作，后者是讽刺时政之作。应璩诗多讥刺，也是古人的普遍看法，如李充《翰林论》：“应休琏五言诗百数十篇，以风规治道，盖有诗人之旨焉。”（《文选》卷二十一注引）

❻济济今日所：当是应璩诗句，原诗已佚。

❼华靡：华美。讽味：诵读玩味。

晋清河太守陆云[①]　晋侍中石崇[②]
晋襄城太守曹摅[③]　晋朗陵公何劭[④]

【原 文】

清河之方平原[⑤]，殆如陈思之匹白马[⑥]，于其哲昆，故称“二陆”[⑦]。季伦、颜远，并有英篇[⑧]。笃而论之，朗陵为最[⑨]。

【译 文】

陆云与陆机齐名，差不多像曹植与曹彪并称一样，只是由于其兄高明，所以世称“二陆”。石崇、曹摅，都有优秀作品。确切地说，应以何劭为最优。

注 释

❶陆云（262—303）：字士龙，陆机之弟，与机齐名，时称“二陆”。吴国灭亡后，于太康末与陆机同赴晋都洛阳，曾任清河内史等官职。后与陆机同为成都王司马颖杀害。传在《晋书》卷五十四。有《陆清河集》。现存诗三十首，其中五言八首。

❷石崇（249—300）：字季伦，渤海南皮（今河北南皮东北）人。年二十余

为修武令，后迁散骑常侍、侍中，官至卫尉卿。“八王之乱”时为赵王伦杀害。传在《晋书》卷三十三。现存诗八首，其中五言三首。

❸曹摅（？—308）：字颜远，谯国谯县（今安徽亳州）人。晋惠帝时，任襄城太守。后为征南司马，兵败战死。传在《晋书·良吏传》。现存诗八首，其中五言三首。

❹何劭（236—301）：字敬祖，陈郡阳夏（今河南太康）人。袭父封为郎陵郡公。曾任散骑常侍、太子太师、司徒等官职。赵王伦篡权，为太宰。传在《晋书》卷三十三。现存诗四首，其中五言三首。

❺清河之方平原：清河，指陆云。平原，指陆机。

❻殆如陈思之匹白马：殆，近于，差不多。“陈思”即曹植，“白马”指其弟白马王曹彪，详见卷下。匹，匹配。以上二句意谓陆云、曹彪不足以与陆机、曹植相提并论。

❼于其哲昆，故称“二陆”：于，以。哲，智。昆，兄。《晋书·陆云传》说：“（云）虽文章不及机，而持论过之，号曰‘二陆’。”

❽英：杰出。

❾笃：确当。

晋太尉刘琨[1]　晋中郎卢谌[2]

【原 文】

其源出于王粲[3]。善为凄戾之词[4]，自有清拔之气[5]。琨既体良才，又罹厄运[6]，故善叙丧乱，多感恨之词。中郎仰之，微不逮者矣[7]。

【译 文】

刘琨、卢谌的诗源出于王粲。善于写凄厉的诗句，却又别有一种清新劲拔的气概。刘琨既有优异的才干，又遭受困苦的命运，所以善于叙述丧亡乱离之事，多有感慨愤恨之词。卢谌很仰慕他，写得却赶不上他。

注释

❶刘琨（271—318）：字越石，中山魏昌（今河北定州东南）人。出身贵公子，早年好老庄之学。曾任大将军等职，屡次与外敌作战，死后追赠侍中、太尉。传在《晋书》卷六十二。有《刘越石集》。现存四言诗一首，五言三首。

❷卢谌（285—351）：字子谅，范阳涿县（今河北涿州）人。曾任刘琨的主簿、从事中郎，后任国子祭酒等职。传在《晋书》卷四十四。现存诗八首，其中五言七首。

❸其源出于王粲：钟嵘说刘、卢诗源出王粲，是从"善为凄戾之词"着眼的（王粲"发愀怆之词"）。

❹凄戾：凄厉。

❺自有清拔之气：自有，别有。清拔，清新高迈。本书《序》说"刘越石仗清刚之气"。

❻琨既体良才，又罹厄运：体，有。罹（lí），遭遇。厄运，困苦的命运。刘琨在诗文中也常常提及自己的不幸。如《答卢谌》说："自顷辀张，困于逆乱，国破家亡，亲友雕残。……负杖行吟，则百忧俱至。"

❼微：略微。逮：及。全句意谓卢谌诗不及刘琨诗。

晋弘农太守郭璞①

解题

在以下数句中，钟嵘认为郭璞《游仙》之作不合于一般"游仙诗"的体式。游仙诗应超越尘念，游心仙界，郭璞之作却是"慷慨"咏怀，背离神仙生活的旨趣。沈德潜《古诗源》说："游仙诗本有托而言。坎壈咏怀，其本旨也。钟嵘贬其少列仙之趣，谬矣。"但是钟嵘的本意，也是在于说明郭璞之作有所寄托，非通常的游仙之作，未必有什么贬义。

【原 文】

宪章潘岳[2]，文体相辉[3]，彪炳可玩[4]，始变永嘉平淡之体[5]，故称中兴第一[6]。《翰林》以为诗首[7]。但《游仙》之作[8]，辞多慷慨[9]，乖远玄宗[10]。其云“奈何虎豹姿”[11]，又云“戢翼栖榛梗”[12]，乃是坎壈咏怀[13]，非列仙之趣也[14]。

【译 文】

郭璞的诗效法潘岳，二人的风格互相辉映，文采璀璨，耐人寻味，开始改变永嘉以来淡乎寡味的玄言诗体，所以被称为东晋时期最杰出的诗人。《翰林论》认为他的诗是首屈一指的。但其《游仙诗》多慷慨失志之辞，背离道家思想。他说“奈何虎豹姿”，又说“戢翼栖榛梗”，实际上是抒写不平的情怀，并非神仙生活的情趣。

注 释

❶郭璞（276—324）：字景纯，河东闻喜（今属山西）人。博学多识，工诗善赋，精于训诂，长于阴阳、历算、卜筮之术。西晋末年，避乱南渡，任著作佐郎等职。后任王敦记室参军。王敦之乱被平定后，追赠弘农太守。传在《晋书》卷七十二。有《郭弘农集》。现存诗二十二首，其中五言十八首。

❷宪章潘岳：宪章，效法。钟嵘说郭璞诗效法潘岳，是从“彪炳”着眼的（潘岳诗“烂若舒锦”）。

❸文体相辉：谓郭璞与潘岳的风格前后互相辉映。

❹彪炳：彪，虎皮上的花纹。炳，鲜明。“彪炳”喻文采绚丽。玩：玩味。

❺永嘉平淡之体：指玄言诗体。郭璞诗慷慨激昂，不同于玄言诗。《文心雕龙·明诗》篇说：“景纯《仙篇》，挺拔而为俊矣。”与钟嵘看法一致。

❻中兴：指东晋时期。316年西晋灭亡，第二年司马睿在江南建立东晋，故称“中兴”。“中兴第一”指郭璞诗在东晋首屈一指。

❼《翰林》：指李充《翰林论》，见本书《序》注。诗首：诗中首屈一指者。

❽《游仙》：指郭璞《游仙诗》十四首。

❾慷慨：不得志的样子。

❿乖远：背离。玄宗：指道家思想。

⑪奈何虎豹姿：郭璞诗句，出处不明。奈何，无可奈何之意。虎豹姿，虎豹般的雄姿。

⑫戢翼栖榛梗：郭璞诗句，出处不明。戢（jí）翼，收敛起翅膀。榛梗，荆棘丛。虽全诗内容不详，但由“奈何虎豹志”“戢翼栖榛梗”推测，显然都抒发失志之情。

⑬坎壈（lǎn）：不平。

⑭列仙：众仙。

晋吏部郎袁宏[1]

【原 文】

彦伯《咏史》[2]，虽文体未遒[3]，而鲜明紧健[4]，去凡俗远矣[5]。

【译 文】

袁宏的《咏史》诗，虽然体式还不够完美，但辞采鲜明，感情强健，比那些平庸之作高明多了。

注 释

❶袁宏（328—376）：字彦伯，小字“虎”，阳夏（今河南太康）人。出身贫寒，少时在江上以运租为生。曾作《咏史》诗在船上朗诵，得到镇西将军谢尚的称赏，引为参军。后曾任吏部郎、东阳太守。传在《晋书·文苑传》。现存诗六首，其中五言四首。

❷彦伯《咏史》：《咏史》诗共二首。

❸未遒：不尽美。曹丕《与吴质书》：“公幹有逸气，但未遒耳。”《文选》注：“遒，尽也，言未尽美矣。”

❹鲜明紧健：“紧健”即劲健，强劲刚健，指思想感情。《世说新语·文学》篇注引《续晋阳秋》：“虎少有逸才，文章绝丽，曾为《咏史》诗，是其风情所寄……在运租船中讽咏，声既清会，辞又藻拔……即其《咏史》之作也。”

❺凡俗：指平庸之作。

晋处士郭泰机① 晋常侍顾恺之② 宋谢世基③ 宋参军顾迈④ 宋参军戴凯⑤

【原 文】

泰机“寒女”之制⑥，孤怨宜恨⑦。长康能以二韵答四首之美⑧。世基“横海”⑨，顾迈“鸿飞”⑩。戴凯人实贫羸⑪，而才章富健⑫。观此五子，文虽不多，气调警拔⑬。吾许其进⑭，则鲍照、江淹，未足逮止⑮。越居中品⑯，佥曰宜哉⑰。

【译 文】

郭泰机“寒女”一诗，写得孤苦哀怨，很得体地抒发了他的愁恨之情。顾恺之能以一首四句的短诗，酬答别人四首诗的美意。谢世基以“横海”诗闻名，顾迈以“鸿飞”诗著称。戴凯本人贫穷病弱，其才气却丰富强健。综观这五人，作品虽然不多，气势格调却警策出众。我希望他们精进不已，那么鲍照、江淹未必能赶上他们。居于中品，都认为是合适的。

注释

❶郭泰机（约239—294）：河南郡（今河南洛阳东北）人。出身寒素，终身未仕。“处士”指不做官的人。事迹见《文选》卷二十五李善注引《傅咸集》。现存五言诗一首。

❷顾恺之（约345—409）：字长康，小字“虎头”，晋陵无锡（今属江苏）人。曾任散骑常侍。他有文才，又是著名画家，时称“才绝”“画绝”。传在《晋书·文苑传》。现存五言诗一首。

❸谢世基（？—426）：陈郡阳夏（今河南太康）人。祖辈都在晋代任要职。刘裕建宋后，他因谋反未成被杀。传在《宋书》卷四十四、《南史》卷十九。现

存五言诗一首。

❹顾迈：生平事迹不详，诗亦不存。

❺戴凯：生平事迹不详，诗亦不存。

❻寒女：指郭泰机《答傅咸》诗。傅咸见本书卷下。郭泰机赠诗给他，诉说怀才不遇之情，希望得到他的提携。

❼孤怨宜恨：孤怨，指诗中所描写的"寒女"孤苦怨愁的艺术形象。宜恨，指"寒女"形象贴切地抒发了作者怀才不遇的感情。

❽长康能以二韵答四首之美："二韵"指有两个韵脚的四句诗。此句所指不详。

❾横海：谢世基临刑作诗。全诗为："伟哉横海鳞，壮矣垂天翼。一旦失风水，翻为蝼蚁食！"

❿鸿飞：顾迈诗，已佚。

⓫贫羸：贫困衰弱。

⓬才章：才华。《三国志·魏书·王粲传》注引《魏略》："淳一名竺，字子叔，博学有才章。"

⓭气调：气势格调。

⓮吾许其进：意谓期待他们更进一步。《论语·述而》："子曰：'与其进也，不与其退也。'"许，期许。

⓯逮：及。止：语助词。

⓰越：这里用作发语词。

⓱佥（qiān）：都。

宋征士陶潜[1]

【原文】

其源出于应璩[2]，又协左思风力[3]。文体省净，殆无长

【译文】

陶潜的诗源出于应璩，又融汇了左思诗的风力。风格简洁明净，几乎

语[4]。笃意真古[5]，辞兴婉惬[6]。每观其文，想其人德[7]。世叹其质直。至如“欢言酌春酒”[8]“日暮天无云”[9]，风华清靡[10]，岂直田家语耶？古今隐逸诗人之宗也。

没有多余的语句。深厚的诗意真淳古朴，诗情柔婉怡人。我每读他的作品，便联想到他的人格。世人都叹惋他的作品过于质朴率直。其实，像“欢言酌春酒”“日暮天无云”等诗，清新优美，难道尽是农家的语言吗？他是古今隐逸诗人的鼻祖呵！

注释

❶陶潜（365—427）：又名渊明，字元亮，浔阳柴桑（今江西九江西南）人。曾任江州祭酒、镇军参军、彭泽令等小官，后退隐田园，终身不复仕。传在《晋书》卷九十四、《宋书》卷九十三。现存诗一百二十多首，其中五言一百一十多首。征士：指官府征辟做官而不就的人。《文选》卷五十七《陶征士诔》张铣注：“陶潜隐居，有诏礼，征为著作郎，不就，故谓征士。”

❷其源出于应璩：钟嵘认为陶诗出于应诗的理由：一是应璩“善为古语”，陶潜“笃意真古”“质直”。二是应诗有一部分“华靡”，陶诗也有一部分“风华清靡”。三是陶诗“协左思风力”，而应诗“得诗人激刺之旨”，与左思的“得讽谕之致”是一致的，也是“风力”。

❸协左思风力：意谓陶潜诗合于左思诗豪放慷慨、讽谕时政的特点。

❹殆：几乎，差不多。长：冗长，多余。

❺笃意：厚意。孔融《与诸卿书》：“多惠胡桃，深知笃意。”（《艺文类聚》卷八十七引）真古：真淳古朴。陶渊明有些作品反映出对上古淳朴风气的向往。

❻兴：感兴。婉惬：柔和怡悦。

❼每观其文，想其人德：“人德”指人格、人品。陶渊明的高风亮节，南朝时已被人注意，如萧统《陶渊明集序》说：“余爱嗜其文，不能释手，尚想其德，恨不同时。”

❽欢言酌春酒：《读山海经》十三首之一的诗句。

❾日暮天无云：《拟古》诗句。

❿清靡：清新优美。

宋光禄大夫颜延之[1]

【原 文】

其源出于陆机[2]。故尚巧似[3]。体裁绮密[4]，情喻渊深，动无虚散[5]，一字一句，皆致意焉。又喜用古事，弥见拘束[6]。虽乖秀逸[7]，故是经纶文雅[8]。才减若人[9]，则蹈于困踬矣[10]。汤惠休曰[11]：“谢诗如芙蓉出水[12]，颜诗如错采镂金[13]。”颜终身病之[14]。

【译 文】

颜延之的诗源出于陆机。喜欢巧妙逼真地描绘事物。风格绮丽细密，情思寄托深沉，往往没有空洞松散之处，每一个字，每一句话，都寓有深意。又喜欢运用典故，越发显得拘拘束束。虽然不合于那种秀丽飘逸之美，但确实雍容典雅。典雅之才不及他的人，就会陷入困窘失败的境地。汤惠休曾说：“谢灵运的诗犹如芙蓉出水，颜延之的诗过分雕饰。”颜延之终生都怀恨这句话。

注 释

❶颜延之（384—456）：字延年，琅邪临沂（今属山东）人。诗文与谢灵运齐名，世称“颜谢”。东晋时已出仕。入宋后，历任中书侍郎、秘书监等官职，官至金紫光禄大夫，死后谥号“宪子”。传在《宋书》卷七十三、《南史》卷三十四。有《颜光禄集》。现存诗二十八首，其中五言二十四首。

❷其源出于陆机：钟嵘说颜延之诗源出陆机，是从“绮密”“渊深”着眼的（陆机诗“华美”，是“文章之渊泉”）。

❸尚巧似：见卷上谢灵运条注。

❹体裁：体式，风格。绮密：指辞藻绮丽、繁密。《南史·谢灵运传》：“（灵运）纵横俊发，过于延之，深密则不如也。”

❺动无虚散：“动”是“动辄”“往往”之意，见卷上刘桢条注。虚散：空

洞松散。

❻古事：即典故。弥：更。拘束：本书《序》批评用典诗风“拘挛补衲”的弊病，与此处意同。

❼乖：背离，不合。秀逸：秀丽俊逸。

❽经纶：经营。文雅：指典雅体的作品。经纶文雅，指写作歌功颂德、应制应诏之作。颜延之这类诗较多。刘熙载《艺概·诗概》说：“延年诗长于廊庙之体。”

❾若人：此人。

❿困踬：困窘失败。踬，跌跤。

⓫汤惠休：详见卷下《齐惠休上人》条。

⓬芙蓉出水：形容谢灵运诗的天然秀美。李白有诗云：“清水出芙蓉，天然去雕饰。”芙蓉，荷花。

⓭错采镂金：形容过分雕饰。错采，给金属涂饰颜色。镂金，给金属雕镂花纹。《南史·颜延之传》记载：“延之尝问鲍照己与灵运优劣，照曰：‘谢五言如初发芙蓉，自然可爱；君诗若铺锦列绣，亦雕缋满眼。’”与这里所说有出入。

⓮病：恨。

宋豫章太守谢瞻[①] 宋仆射谢混[②] 宋太尉袁淑[③] 宋征君王微[④] 宋征虏将军王僧达[⑤]

【原 文】

其源出于张华[⑥]。才力苦弱，故务其清浅，殊得风流媚趣[⑦]。课其实录[⑧]，则豫章、仆射，宜分庭抗礼[⑨]；征君、太尉，可托乘后车[⑩]；征虏卓

【译 文】

谢瞻、谢混、袁淑、王微、王僧达的诗源出于张华。他们苦于才力不强，所以在“清浅”上下功夫，获得了风流潇洒、婉约柔媚的艺术特色。考察他们的实际作品，则谢瞻、谢混应当说旗鼓相当；王微、袁淑，步他们的后尘；王

卓[11]，殆欲度骅骝前[12]。

僧达挺高明，差不多要超过他们了。

注释

❶谢瞻（约383—421）：字宣远，陈郡阳夏（今河南太康）人。与谢灵运同族。东晋时已出仕。入宋后，曾任豫章太守等职。传在《宋书》卷五十六、《南史》卷十九。现存五言诗五首。

❷谢混（？—412）：字叔源，小字“益寿”，谢瞻的叔父。东晋时曾任尚书左仆射，后被杀害。传在《晋书》卷七十九。现存五言诗三首。

❸袁淑（408—453）：字阳源，陈郡阳夏人。曾任宣城太守、尚书吏部郎，后为太子左卫率。死后追赠太尉，谥号“忠宪”。传在《宋书》卷七十、《南史》卷二十六。有《袁忠宪集》。现存五言诗五首。

❹王微（415—453）：字景玄，琅邪临沂（今属山东）人。工诗文，善书画，晓音律。曾任司徒祭酒等职。后隐居，屡征不就，故称“征君”。传在《宋书》卷六十二、《南史》卷二十一。现存五言诗四首。

❺王僧达（423—458）：曾任征虏将军，官至中书令。后被下狱赐死。传在《宋书》卷七十五、《南史》卷二十一。现存诗五首，其中五言四首。

❻其源出于张华：钟嵘说谢瞻等五人诗源出张华，是从他们的诗有“风流媚趣”着眼的（张华诗“华艳”“兴托不奇”“儿女情多，风云气少”）。

❼风流媚趣：媚趣，谓妩媚、柔靡之风致。《晋书·王献之传》：“献之骨力远不及父，而颇有媚趣。”

❽课：考核。实录：真实记录。这里指实际作品。

❾分庭抗礼：分处庭中，相对设礼，即以平等的礼节相待。这里指优劣相当。

❿托乘后车：后车，帝王大驾后面的侍从之车。这里指王微、袁淑诗不及谢瞻、谢混。

⓫卓卓：高的样子。

⓬殆：几乎。度：过。骅骝：神话传说中的骏马，这里指谢瞻、谢混。王僧虔《论书》：“子敬（王献之）戏云：‘弟书如骑骡，駸駸恒欲度骅骝前。’”

宋法曹参军谢惠连[1]

【原 文】

小谢才思富捷[2]，恨其兰玉夙凋[3]，故长辔未骋[4]。《秋怀》[5]《捣衣》[6]之作，虽复灵运锐思，亦何以加焉[7]。又工为绮丽歌谣[8]，风人第一[9]。《谢氏家录》[10]云："康乐每对惠连，辄得佳语。后在永嘉西堂[11]，思诗竟日不就，寤寐间[12]，忽见惠连，即成'池塘生春草'[13]。故尝云：'此语有神助，非吾语也。'"

【译 文】

谢惠连才气横溢，思路敏捷，可惜他死得太早，卓越的才华未能充分发挥。《秋怀》《捣衣》这样的作品，即使谢灵运精心构思，又怎能超过呢？他又善于写绮丽的乐府民歌体诗，在歌谣体作者中首屈一指。《谢氏家录》中说："谢灵运每当与惠连在一起，就能写出好的诗句。后来住在永嘉的西堂，构思诗篇，整天未成，打瞌睡时，忽然梦见惠连，便写出'池塘生春草'的名句。所以他曾说：'这句诗有神仙帮助，并非我本人的话啊！'"

注 释

❶谢惠连（397—433）：谢灵运的族弟。曾任彭城王刘义康法曹参军。传在《宋书》卷五十三、《南史》卷十九。有《谢法曹集》。现存诗三十余首，其中五言二十余首。

❷小谢：与族兄谢灵运并称，故曰"小谢"。但文学史上常以"大谢"称谢灵运，以"小谢"称谢朓。才思富捷：指思路开阔敏捷。

❸兰玉夙凋："兰"指芝兰，"玉"指玉树，常用以比才俊之士。夙凋：过早凋零。这里指夭折。谢惠连死时仅二十余岁，故这样说。

❹辔：马缰绳。骋：驰骋。长辔未骋，指谢惠连优异的才华未充分发挥。

❺《秋怀》：谢惠连诗作。

❻《捣衣》：谢惠连诗作。

❼加：超过。

❽歌谣：指乐府民歌体作品。

❾风人：原指《诗经·国风》的作者，后来泛指诗人或特指写作民歌体诗的诗人。

❿《谢氏家录》：已佚。

⓫永嘉西堂："永嘉"即今浙江永嘉。谢灵运曾任永嘉太守，"西堂"当是其居处。

⓬寤：睡醒。寐：睡眠。寤寐间：似睡非睡之时。

⓭池塘生春草：谢灵运《登池上楼》诗句，历来为人们欣赏传诵。金代元好问《论诗》说："池塘春草谢家春，万古千秋五字新。"

宋参军鲍照[1]

【原 文】

其源出于二张[2]。善制形状写物之词[3]。得景阳之諔诡[4]，含茂先之靡嫚[5]。骨节强于谢混[6]，驱迈疾于颜延[7]。总四家而擅美[8]，跨两代而孤出[9]。嗟其才秀人微[10]，故取湮当代[11]。然贵尚巧似，不避危仄[12]，颇伤清雅之调。故言险俗者[13]，多以附照[14]。

【译 文】

鲍照的诗源出于张协、张华。善于创造形象性的语言。学得了张协诗的怪异，包含有张华诗的艳美。气势比谢混的诗强，节奏比颜延之的诗快。集四家诗的特点而独擅众美，跨晋宋两代而出类拔萃。可惜他才虽出众，人却微贱，所以在当时被埋没不闻。然而，由于他一味追求形象逼真，不避讳险僻的词语，有点儿损伤了清新典雅的格调。所以讲究险奇风气的人，大都追随鲍照的风格。

注释

❶鲍照（约 414—466）：字明远，东海（郡治今山东郯城北）人。出身寒门。曾任中书舍人等职。临海王刘子顼镇守荆州，引为前军参军，故世称“鲍参军”。刘子顼谋反失败，鲍照为乱军所杀。传在《宋书》卷五十一、《南史》卷十三。存诗约二百首。

❷二张：张协、张华。钟嵘说鲍照诗源出二张，理由便是“善制形状写物之词。得景阳之諔诡，含茂先之靡嫚”，详见下注。

❸善制形状写物之词：钟嵘认为这是鲍照对张协“巧构形似之言”、张华“巧用文字”的风格特点的继承。

❹得景阳之諔诡：景阳即张协，见卷上。諔（chù）诡，怪异。这里指张协、鲍照注重锤炼字句，使语言奇异不凡。何焯《义门读书记》说：“诗家炼字琢句，始于景阳而极于鲍明远。”

❺含茂先之靡慢：茂先，张华。靡嫚，即靡曼，原指女子肌肤之美，这里形容诗的艳美。钟嵘评张华诗“华艳”“妍冶”“儿女情多”；说鲍照诗“靡嫚”，当指他学习江南民歌写的表现男女爱情的诗。

❻骨节强于谢混：骨节，在这里指作品的气势。本书卷上《晋黄门郎潘岳》条说“益寿（谢混）轻华”，可见钟嵘认为谢混诗气势不强劲。

❼驱迈疾于颜延：驱迈，在这里指诗的节奏。颜延之善写雍容舒缓的廊庙之作。

❽总：综合。四家：指上述张协、张华、谢混、颜延之。擅美：独擅众美。

❾两代：指晋代、宋代。孤出：独出。

❿才秀人微：才华出众而身世微贱。鲍照《拜侍郎上疏》自言“臣北州衰沦，身地孤贱”。

⓫湮：埋没。

⓬危仄（zè）：指险僻的词语。

⓭险俗：追求语言险奇的风气，近于《文心雕龙·体性》篇所说的“新奇”一体：“新奇者，摈古竞今，危侧趣诡者也。”

⓮附：追随。《南齐书·文学传论》论当时三种诗风之一说：“次则发唱惊挺，操调险急，雕藻淫艳，倾炫心魂……斯鲍照之遗烈也。”可见齐梁时鲍照体

已形成流派，“险急”是其重要特点。

齐吏部谢朓[1]

【原 文】

其源出于谢混[2]。微伤细密[3]，颇在不伦[4]。一章之中，自有玉石[5]。然奇章秀句[6]，往往警遒[7]，足使叔源失步，明远变色。善自发诗端[8]，而末篇多踬[9]，此意锐而才弱也。至为后进士子之所嗟慕[10]。朓极与余论诗[11]，感激顿挫过其文[12]。

【译 文】

谢朓的诗源出于谢混。他的诗略微有伤于精雕细琢，（若与谢混诗相比较）则有很多不同之处。一首诗中，既有佳句，也有败笔。但他那些不凡的诗章，出色的诗句，往往是警策有力的，足以使谢混裹足不前，鲍照大惊失色。他写诗善于开头，而结尾却常常失败，这是思路敏捷而才力不足的缘故。他极为后学晚辈赞叹仰慕。谢朓曾经与我畅论诗歌，感情激动，语调抑扬，其理论超过了他的创作实践。

注 释

❶谢朓（464—499）：字玄晖，陈郡阳夏（今河南太康）人。曾任宣城太守，故世称“谢宣城”。官至尚书吏部郎。他是“竟陵八友”之一，是永明新体诗的创始人之一。传在《南齐书》卷四十七、《南史》卷十九。有《谢宣城集》。现存诗约一百四十首，其中五言一百三十多首。

❷其源出于谢混：钟嵘说谢朓诗源出谢混，可能是从“才弱”、有“奇章秀句”着眼的（谢混“才力苦弱”，作品“轻华”）。

❸细密：卷下评宋孝武帝诗：“雕文织彩，过为精密。”细密即精密，指过分雕饰。

❹不伦：不类。指谢朓诗过分细密，若与谢混诗相比，有许多不尽相同处。

❺玉石："玉"指佳句，"石"指败笔。

❻秀：突出。《文心雕龙·隐秀》篇："秀也者，篇中之独拔者也。"

❼警遒：警策有力。

❽诗端：诗的开头。谢朓的诗在文学史上以善于开头著称。如："朔风吹飞雨，萧条江上来"（《观朝雨》）、"江南佳丽地，金陵帝王州"（《入朝曲》）等，意境阔大，笼盖全篇。

❾末篇：结尾。踬：跌跤。这里指失败。谢朓诗末尾好用典，不够生动有力。

❿至为后进士子之所嗟慕：后进士子，后辈读书人。嗟慕，叹赏仰慕。谢朓在齐梁时诗名很高，本书《序》说当时有人认为"谢朓今古独步"。

⓫极与余论诗：王充《论衡·须颂》："《恢国》之篇，极论汉德非常，实然乃在百代之上。"

⓬感激顿挫：形容感情激动、语调抑扬地进行议论的样子。文，指诗。

齐光禄江淹[1]

【原 文】

文通诗体总杂[2]，善于摹拟[3]。筋力于王微[4]，成就于谢朓[5]。初，淹罢宣城郡，遂宿冶亭，梦一美丈夫，自称郭璞，谓淹曰："我有笔在卿处多年矣，可以见还。"淹探怀中，得五色笔以授之。尔后为诗，不复成语，故世传江淹才尽。[6]

【译 文】

江淹诗风格不一，善于模拟前人的作品。"筋力"得力于王微，成就得力于谢朓。起先，江淹免除宣城太守（回京），宿在冶亭，梦见一位美男子，自称郭璞，对他说："我有一支笔，在您这里已经多年，可以还给我了。"江淹从怀中掏出一支五色笔交给他。此后作诗，再无妙句，所以人们说"江淹才尽"。

注释

❶江淹（444—505）：字文通，济阳考城（今河南民权东北）人。在宋、齐两代都做过官。入梁，为散骑常侍。官至金紫光禄大夫，封醴陵侯，故世称“江醴陵”。死后谥号“宪伯”。传在《梁书》卷十四、《南史》卷五十九。有《江醴陵集》。现存五言诗一百余首。

❷总杂：驳杂。江淹曾模拟过前人各种风格体式的诗，故其作品风格不一。

❸善于摹拟：江淹模拟前人的作品很多，现存的有《杂体诗三十首》（模拟众家）、《学魏文帝诗》、《效阮公诗十五首》等。

❹筋力于王微：“筋力”指诗内蕴含的思想、感情、气势等。王微见本卷。江淹《杂体诗三十首》中有拟王微的《养疾》一首。

❺成就于谢朓：本卷评沈约说：“于时谢朓未遒，江淹才尽。”谢朓疑是谢混之误：第一，谢混与王微在卷中同一条中，二人风格、成就相似；第二，江淹《杂体诗三十首》亦有拟谢混《游览》一首，他学过王微、谢混的风格。

❻淹罢宣城郡，遂宿冶亭……：宣城郡，旧治在今安徽宣城，江淹于齐明帝时曾任宣城太守，后回京任黄门侍郎、步兵校尉。冶亭，故址在今南京朝天宫一带。以下“江淹才尽”的逸闻，又见《南史·江淹传》。

梁卫将军范云① 梁中书郎丘迟②

【原文】

范诗清便宛转③，如流风回雪④；丘诗点缀映媚⑤，似落花依草。故当浅于江淹⑥，而秀于任昉。

【译文】

范云的诗清新流利，委婉曲折，就像流风回旋着雪花；丘迟的诗辞采相衬，映照成趣，好似落花依傍着碧草。应当说，他们的作品比江淹浅显，比任昉秀丽。

注 释

❶范云（451—503）：字彦龙，南乡舞阴（今河南泌阳西北）人。“竟陵八友”之一。在宋、齐时已出仕。入梁，曾任尚书右仆射等职，死后追赠卫将军。传在《梁书》卷十三、《南史》卷五十七。现存五言诗约四十首。

❷丘迟（464—508）：字希范，吴兴乌程（今浙江湖州）人。南齐时为太学博士。入梁后，曾任中书侍郎等职。传在《梁书》卷四十九及《南史·文学传》。有《丘中郎集》。现存五言诗共十首。

❸清便：清新流利。王僧虔《论书》：“孔琳之书，放纵快利，笔道流便。”

❹回：旋。

❺点缀：衬饰，这里指辞采互相衬托。媚：美。

❻故当：六朝口语，应当。

梁太常任昉[1]

【原 文】

彦昇少年为诗不工，故世称“沈诗任笔”[2]，昉深恨之。晚节爱好既笃[3]，文亦遒变[4]。善铨事理[5]，拓体渊雅[6]，得国士之风[7]，故擢居中品[8]。但昉既博物[9]，动辄用事，所以诗不得奇[10]。少年士子效其如此，弊矣[11]。

【译 文】

任昉年轻时写诗不够工巧，所以当时称“沈诗任笔”，他深以此为恨。晚年一心爱好作诗，诗也就大大改观了。他善于阐发人事物理，使得作品风格深沉典雅，有“国士”的风度，所以提到中品来。但任昉由于学问渊博，动不动就运用典故，所以诗写得不新颖奇警。青年作者效法他这样做，那就糟糕了。

注释

❶任昉（460—508）：字彦昇，乐安博昌（今山东寿光北）人。“竟陵八友”之一。在宋、齐两代都做过官。入梁，任吏部郎中、新安太守等职，死后追赠太常卿，谥号“敬子”。传在《梁书》卷十四、《南史》卷五十九。有《任彦昇集》。现存诗二十三首，其中五言二十首。

❷沈诗任笔：南朝“文笔之辨”，最初以有韵者为“文”，无韵者为“笔”。后来以辞采鲜丽、感情强烈者为“文”，应用文体如章、表等为“笔”。诗属“文”的范围。沈，沈约。萧纲《与湘东王书》：“近世谢朓、沈约之诗，任昉、陆倕之笔，斯实文章之冠冕，述作之楷模。”

❸晚节：晚年。笃：专一。

❹文：指诗。遒变：大变。

❺铨：衡量，评判。事理：人事物理。

❻拓：开拓。渊雅：深厚典雅。

❼国士：举国推重仰慕的人。

❽擢（zhuó）：拔。

❾博物：博通物理，指学识渊博。《南史·任昉传》：“（昉）博学，于书无所不见。”

❿诗不得奇：本书《序》说：“近任昉、王元长等，词不贵奇，竞须新事。”奇，新颖独创。

⓫士子：读书人。弊：产生弊病。

梁左光禄沈约①

【原文】

观休文众制，五言最优。

【译文】

通观沈约的全部作品，五言诗是其最优秀的。研究他的诗风，考察他的诗详其文体，察其余论，固知宪章鲍明远也[2]，所以不闲于经纶，而长于清怨[3]。永明相王爱文，王元长等皆宗附之[4]。约于时谢朓未遒[5]，江淹才尽，范云名级故微[6]，故约称独步。虽文不至其工丽[7]，亦一时之选也[8]。见重闾里[9]，诵咏成音。嵘谓约所著既多，今剪除淫杂[10]，收其精要[11]，允为中品之第矣[12]。故当词密于范，意浅于江矣[13]。

论，可知他是效法鲍照的，因而他不善于写典雅体的庙堂之作，而长于写清新哀怨的作品。齐永明年间，竟陵王萧子良爱好文学，王融等人都归附他。当时谢朓的创作还不成熟，江淹才气已尽，范云的名声地位本来就低，所以沈约成为独一无二的了。虽然他的诗还达不到鲍照那样工巧华丽的程度，也可以算作一时的佼佼者了。他的作品为市井所看重，到处传诵吟咏。我认为沈约的诗既然很多，现在剪除其芜杂，收取其精华，当列入中品这个等级。应当说他的辞采比范云细密，诗意比江淹浮浅。

注释

❶沈约（441—513）：字休文，吴兴武康（今浙江德清）人，“竟陵八友”之一，永明新体诗的重要理论家和创始人。在宋、齐两代都做过官，因助萧衍建梁之功，封建昌县侯。曾任尚书左仆射、侍中、左光禄大夫等职，并加“特进”，故世称“沈特进”。死后谥号“隐”，又称“沈隐侯”。传在《梁书》卷十三、《南史》卷五十七。有《沈隐侯集》。现存诗一百七十多首，其中五言一百四十多首。

❷固知宪章鲍明远也：钟嵘说沈约“宪章（效法）鲍明远（照）”，是根据其风格和理论（“详其文体，察其余论”），其表现就是“不闲于经纶，而长于清怨”。

❸不闲于经纶，而长于清怨：钟嵘认为这是沈约效法鲍照所获得的风格特点。闲，即“娴”，熟悉。经纶，即评颜延之所说的“经纶文雅”，指写作应制应诏之类典雅体的作品。

❹永明相王爱文，王元长等皆宗附之：永明，齐武帝萧赜年号（483—493）。

相王，指竟陵王萧子良（460—494），是齐武帝次子。据《梁书·武帝纪》记载："竟陵王子良开西邸，招文学，高祖（萧衍）与沈约、谢朓、王融、萧琛、范云、任昉、陆倕等并游焉，号曰八友。"王元长即王融。宗附，归附。

❺未遒：不尽美，不成熟。

❻名级：指在诗坛上的名声和地位。

❼虽文不至其工丽：此句上承"宪章鲍明远"，"其"指鲍照，意谓沈约诗达不到鲍照的工丽程度。本卷评鲍照"总四家而擅美，跨两代而孤出"。

❽选：首选，优秀。《诗经·猗嗟》："舞则选兮。"郑玄解释说："选者，谓于伦等最上。"

❾闾里：街巷。

❿淫杂：芜杂。

⓫精要：精华。

⓬允：诚然。第：等级。

⓭故当：应当。范：范云。江：江淹。

卷下

汉令史班固[1] 汉孝廉郦炎[2] 汉上计赵壹[3]

【原 文】

孟坚才流，而老于掌故[4]。观其《咏史》[5]，有感叹之词。文胜托咏灵芝[6]，怀寄不浅[7]。元叔散愤兰蕙[8]，指斥囊钱[9]，苦言切句，良亦勤矣[10]。斯人也，而有斯困[11]，悲夫！

【译 文】

班固是才智之辈，通晓历史上的故实。看他的《咏史》诗，有感叹之词。郦炎假借吟咏灵芝，寄托深沉的情怀。赵壹通过兰蕙来发泄愤懑，通过钱袋中的金钱来抨击社会不平现象，悲苦之言，激切之句，确是很忧愁的。这样的人，却有这样的困境，令人悲叹！

注 释

❶班固（32—92）：字孟坚，扶风安陵（今陕西咸阳东北）人。著名历史学家。曾任兰台令史（史官），著有《汉书》。传在《后汉书》卷四十。有《班兰台集》。现存五言诗一首。

❷郦炎（150—178）：字文胜，范阳（今河北定兴南固城镇）人。有文才，通音律。官府征召，不就。后被诬陷死于狱中。传在《后汉书·文苑传》。现存五言诗二首。

❸赵壹（生卒年不详）：字元叔，汉阳西县（今甘肃天水西南）人。汉灵帝时为上计吏。传在《后汉书·文苑传》。现存五言诗二首。

❹老于：熟谙于。掌故：指历史上的典章制度、故实惯例等。《后汉书·班固传》说班固“博贯载籍，九流百家之言，无不穷究”。

❺《咏史》：班固诗作。

❻托咏灵芝：借吟咏灵芝。指《见志诗》。

❼怀寄：感情寄托。《见志诗》借咏灵芝，抒发“贤才抑不用”的不平之情。

❽散愤兰蕙：借助兰蕙发泄怨愤，指《疾邪诗》，内有“被褐怀金玉，兰蕙化为刍”的句子。

❾指斥囊钱：意谓通过钱袋子中的钱来批评社会上的不平现象。《疾邪诗》中有“文籍虽满腹，不如一囊钱”的句子。

❿良：实在，诚然。勤：愁苦。

⓫斯人也，而有斯困：“斯”是“这”的意思。《论语·雍也》：“斯人也，而有斯疾也。”这里套用《论语》句法，感慨班固等人的遭遇。

魏武帝[1]　魏明帝[2]

【原文】

曹公古直[3]，甚有悲凉之句[4]。叡不如丕，亦称三祖[5]。

【译文】

曹操诗古朴质直，有不少悲愁的句子。曹叡不如曹丕，但也被并称为“三祖”。

注释

❶魏武帝（155—220）：曹操，字孟德，小名阿瞒，沛国谯县（今安徽亳州）人。著名的政治家、军事家、文学家。他在汉末动荡之际，统一北方，自任宰相。死后谥号“武皇帝”，史称“魏武帝”。传在《三国志·魏书》卷一。有《魏武帝集》。现存诗二十余首，其中五言七首。

❷魏明帝（206—239）：曹叡，字元仲，曹丕子。黄初七年（226）即位，死后谥号“明皇帝”，史称“魏明帝”。传在《三国志·魏书》卷三。现存诗十余首，其中五言六首。

❸古直：古朴质实，指诗的风格。

❹悲凉：悲愁。曹操有些诗描写社会丧乱，所以说“悲凉”。

❺三祖：魏太祖曹操、高祖曹丕、烈祖曹叡，合称三祖。

魏白马王彪[1] 魏文学徐幹[2]

【原 文】

白马与陈思答赠[3]，伟长与公幹往复[4]，虽曰以莛叩钟[5]，亦能闲雅矣[6]。

【译 文】

曹彪与曹植互相赠答，徐幹与刘桢互相唱和，虽可谓以小草撞巨钟，但也写得颇为优雅。

注释

❶魏白马王彪：曹彪（195—251），字朱虎，曹丕、曹植的异母弟。黄初七年（226）改封地白马。后有人策划拥他为帝，事败自杀。传在《三国志·魏书》卷二十。存五言诗一首。

❷徐幹（170—217）：字伟长，北海（治今山东潍坊西南）人，“建安七子”之一，曾任五官中郎将文学。著有《中论》。传附《三国志·魏书》卷二十一《王粲传》。现存五言诗四首。

❸答赠：即赠答。曹植有《赠白马王彪》诗。

❹往复：指诗文往还。刘桢有《赠徐幹》诗，徐幹亦有《答刘桢》诗。

❺以莛叩钟：莛是草茎。叩，撞，敲。这里“莛”指曹彪、徐幹，“钟”指曹植、刘桢。意谓曹彪与曹植、徐幹与刘桢诗才悬殊，难以匹敌。

❻闲雅：娴雅，优雅。“闲”同“娴”。

魏仓曹属阮瑀[1] 晋顿丘太守欧阳建[2] 魏文学应玚[3] 晋中书嵇含[4] 晋河内太守阮侃[5] 晋侍中嵇绍[6] 晋黄门枣据[7]

【原 文】

元瑜、坚石七君诗，并平典不失古体[8]。大检似[9]，而二嵇微优矣。

【译 文】

阮瑀、欧阳建等七人诗，都平淡典则，不失古诗的体式。其成就大致相似，只是嵇含、嵇绍略好些。

注 释

❶阮瑀（约165—212）：字元瑜，陈留尉氏（今属河南）人，阮籍父，“建安七子”之一。归曹操后，曾任司空军谋祭酒等职。传附《三国志·魏书》卷二十一《王粲传》。有《阮元瑜集》。现存五言诗十二首。

❷欧阳建（269—300）：字坚石，渤海南皮（今河北南皮东北）人。曾任尚书郎、冯翊太守。后为赵王司马伦杀害。传在《晋书》卷三十三。现存四、五言诗各一首。

❸应玚（？—217）：字德琏，汝南南顿（今河南项城西）人，应璩之兄，“建安七子”之一，曾任五官中郎将文学。

❹嵇含（263—306）：字君道，谯郡铚县（今安徽濉溪西南）人。曾任中书郎、襄城太守等职。后出任广州刺史，未行，被人杀害。传在《晋书》卷八十九。现存五言诗二首。

❺阮侃（生卒年不详）：字德如，陈留尉氏（今河南尉氏）人。曾任河内太守等。事迹见《世说新语·贤媛》篇注引《陈留志》。现存五言诗二首。

❻嵇绍（253—304）：字延祖，谯郡铚县嵇山（今属安徽涡阳）人，嵇康子。曾任散骑常侍，官至侍中。八王之乱时被乱箭射死。传在《晋传》卷八十九。现存五言诗一首。

❼枣据（生卒年不详）：字道彦，颍川长社（今河南长葛东）人。曾任黄门侍郎等职。传在《晋书·文苑传》。现存诗四首，其中五言三首。

❽平典：平淡典则。古体：指古代诗歌的体式、风格。全句意谓阮瑀等人诗古朴典则，与当时华艳的新体不同。

❾大检似：检，规则。卞兰《赞述太子赋》说曹丕“著典宪之高论，作叙欢之丽诗，越文章之常检，扬不学之妙辞”（《全三国文》卷三十）。

晋中书张载[①] 晋司隶傅玄[②] 晋太仆傅咸[③] 魏侍中缪袭[④] 晋散骑常侍夏侯湛[⑤]

【原 文】

孟阳诗，乃远惭厥弟[⑥]，而近超两傅[⑦]。长虞父子，繁富可嘉。孝若虽曰后进[⑧]，见重安仁[⑨]。熙伯《挽歌》[⑩]，唯以造哀尔[⑪]。

【译 文】

张载诗远逊于其弟张协，而略高于傅玄、傅咸。傅咸父子作品很多，值得称赞。夏侯湛虽是后学，却受到潘岳的赏识。缪袭的《挽歌》，能够写出哀情。

注 释

❶张载（生卒年不详）：字孟阳，安平武邑（今属河北）人。与弟张协、张亢合称“三张”。曾任著作郎、弘农太守，官至中书侍郎。传在《晋书》卷五十五。有《张孟阳集》。现存诗十五首，其中五言九首。

❷傅玄（217—278）：字休奕，北地泥阳（治今陕西铜川市耀州区）人。曹

魏时已出仕，封鹑觚子。入晋后任侍中，转司隶校尉。传在《晋书》卷四十七。有《傅鹑觚集》。现存诗六十多首，其中五言约四十首。

❸傅咸（239—294）：字长虞，傅玄子。曾任尚书右丞、御史中丞、司隶校尉等职，太仆之职则未见记载。传附《傅玄传》。有《傅中丞集》。现存诗十七首，其中五言四首。

❹缪袭（186—245）：字熙伯，东海兰陵（治今山东兰陵县兰陵镇）人。曹魏时曾任尚书等职。传在《三国志》卷二十一。现存《魏鼓吹曲》十二首，五言诗一首。

❺夏侯湛（243—291）：字孝若，谯县（今安徽亳州市谯城区）人。曾任散骑常侍。传在《晋书》卷五十五。有《夏侯常侍集》。现存诗十首。

❻远惭：远远不如。厥弟：其弟，指张协。

❼近超：略微超过。两傅：傅玄、傅咸。

❽后进：后学，后辈。

❾见重安仁：被潘岳所尊重。《世说新语·文学》篇记载："夏侯湛作《周诗》成，示潘安仁。安仁曰：'此非徒温雅，乃别见孝悌之性。'"

❿《挽歌》：送葬时的歌曲，汉末及魏晋时也用于宴会。缪袭有《挽歌》诗。

⓫唯以造哀："唯"同"维"，发语词。造哀，写出哀情。

晋骠骑王济① 晋征南将军杜预② 晋廷尉孙绰③ 晋征士许询④

解题

本条可参看本书《序》"永嘉时，贵黄、老，稍尚虚谈"一段。

【原文】

永嘉以来⑤，清虚在俗⑥。

【译文】

自永嘉年间以来，清谈成为社会风

王武子辈诗，贵道家之言[7]。爰洎江表[8]，玄风尚备。真长[9]、仲祖[10]、桓[11]、庾[12]诸公犹相袭。世称孙、许[13]，弥善恬淡之词[14]。

气。王济之流写诗，喜欢用道家的词语。及至东晋，玄谈之风依然存在。刘惔、王濛、桓温、庾亮等人仍然承袭了这种风气。孙绰、许询在当时齐名，更是善于写淡乎寡味的玄言诗。

注释

❶王济（生卒年不详）：字武子，太原晋阳（今山西太原西南）人。好玄学，善清谈。曾任侍中等，死后追赠骠骑将军。传在《晋书》卷四十二。现存四言诗一首。

❷杜预（222—284）：字元凯，京兆杜陵（今陕西西安东南）人。魏末已出仕。入晋后任镇南大将军，以灭吴之功封当阳县侯。官至司隶校尉，死后追赠征南大将军。传在《晋书》卷三十四。有《春秋左氏经传集解》《杜征南集》。其诗皆佚。

❸孙绰（314—371）：字兴公，太原中都（今山西平遥西南）人。曾任散骑常侍等职，官至廷尉卿。他是当时玄言诗的代表作家。传在《晋书》卷五十六。有《孙廷尉集》。现存诗十首，其中五言三首。

❹许询（314—361）：字玄度，高阳（今属河北）人。官府征辟，不就，隐居为道士。与孙绰同为玄言诗代表作家。事迹见《晋书·王羲之传》及《世说新语·言语》篇注引《续晋阳秋》。现存五言诗一首。

❺永嘉：晋怀帝司马炽年号（307—313）。

❻清虚：清静虚无，是道家的主张，这里指清谈之风。俗：社会风气。

❼道家：老庄学派，其思想主张是玄谈的重要内容。

❽爰：发语词。洎（jì）：及，到。江表：长江以南，指偏安江南的东晋王朝。

❾真长：刘惔的字。《晋书》本传说他“尤好老庄，任自然趣”。

❿仲祖：王濛的字。《晋书》本传说他“性和畅，能言理”。

⓫桓：指桓温。《晋书》本传说他“少与沛国刘惔善”。

⑫庾：指庾亮。《晋书》本传说他“善谈论，性好庄老”。

⑬世称孙、许：《世说新语·文学》篇注引《续晋阳秋》说：“询、绰并为一时文宗，自此作者悉体之。”

⑭弥：更。恬淡之词：指老庄学说。《庄子·天道》篇说：“夫虚静恬淡、寂漠无为者，天地之平，而道德之至。”这里指“理过其辞，淡乎寡味”的玄言诗。

晋征士戴逵[①]　晋东阳太守殷仲文[②]

【原 文】

安道诗虽嫩弱，有清上之句[③]。裁长补短，袁彦伯之亚乎[④]？逵子颙，亦有一时之誉。晋宋之际，殆无诗乎[⑤]！义熙中[⑥]，以谢益寿、殷仲文为华绮之冠[⑦]，殷不竞矣[⑧]。

【译 文】

戴逵的诗虽然比较嫩弱，但也有清新优美的句子。以其所长，补其所短，不可以说袁宏第二吗？他的儿子戴颙，也曾名闻一时。晋宋之间，几乎没有可称为诗的。义熙年间，人们认为谢混、殷仲文的诗最为华美绮丽，其实殷比不上谢。

注 释

❶戴逵（？—396）：字安道，谯郡铚县（今安徽濉溪西南）人。博学多才，工诗文、音乐、绘画、雕塑。官府数次征召，皆不就，故称“征士”。传在《晋书·隐逸传》。其诗不存。

❷殷仲文（？—407）：陈郡长平（今河南西华东北）人。曾任征虏长史。桓玄专权时，为侍中。后任东阳太守等职，后为刘裕所杀。传在《晋书》卷九十九。现存五言诗二首。

❸清上：清新优美。

❹袁彦伯：即袁宏，见卷中。亚：次。

❺晋宋之际，殆无诗乎：东晋末期玄言诗仍风靡诗坛，故云几乎无诗。殆，几乎。

❻义熙：晋安帝司马德宗年号（405—418）。

❼以谢益寿、殷仲文为华绮之冠：谢益寿即谢混（字叔源），见卷中。华绮之冠，这里指谢、殷在“理过其辞，淡乎寡味”的玄言诗盛行之时，写出富有文采的作品，一时称善。但是，由于历史条件所限，谢、殷诗仍有玄言气味，不够成熟，故《南齐书·文学传论》说：“仲文玄气，犹不尽除；谢混情新，得名未盛。”

❽竞：比。

宋尚书令傅亮[1]

【原 文】

季友文[2]，余常忽而不察。今沈特进撰诗[3]，载其数首，亦复平美[4]。

【译 文】

傅亮的诗，我常常忽视而未留意。最近沈约编选诗集，收录了几首，也还是觉得平庸无奇。

注 释

❶傅亮（373—426）：字季友，灵州（今宁夏灵武）人。晋末已出仕。因助刘裕建宋之功，封建城县公。曾任尚书令等职，加左光禄大夫。后被杀。传在《宋书》卷四十三、《南史》卷十五。有《傅光禄集》。现存诗四首，其中五言二首。

❷文：指诗。

❸沈特进：指沈约，曾被加封特进。《隋书·经籍志》著录沈约撰《集钞》十卷，已佚。

❹平美：钟嵘评诗，尚“奇”而抑“平”。“奇”谓有独创性、不同凡响、

警拔超群。“平”谓凡庸、一般化、平淡无奇。关于“平美”，本卷评王中等人说：“王中 、二卞诗，并爱奇崭绝……去平美远矣。”正以“奇”与“平美”相对举。因此“平美”即平庸无奇之意。

宋记室何长瑜[①]　羊曜璠[②]　宋詹事范晔[③]

【原 文】

才难，信矣[④]！以康乐与羊、何若此[⑤]，而二人文辞，殆不足奇。蔚宗诗，乃不称其才[⑥]，亦为鲜举矣[⑦]。

【译 文】

人才难得，确乎如此。以谢灵运与羊曜璠、何长瑜这种关系，而二人的作品，却几乎毫不足奇。范晔的诗，与其才学很不相称，但也不可多得了。

注 释

❶何长瑜（？—443）：东海（郡治今山东郯城北）人。谢惠连的老师。曾任临川王幕府参军，后落水死。事见《宋书》卷六十七、《南史》卷十九《谢灵运传》。现存五言诗二首。

❷羊曜璠（？—459）：曜璠，羊璿之的字，泰山（今属山东）人。曾任临川内史，后受牵连被杀。事见《南史·谢灵运传》。其诗不存。

❸范晔（398—446）：字蔚宗，顺阳（今河南淅川南）人。工诗文、书法、音律，著《后汉书》。曾任左卫将军、太子詹事等职。传在《宋书》卷六十九、《南史》卷三十三。现存五言诗二首。

❹才难，信矣：《论语·泰伯》：“才难，不其然乎！”“才难”即人才难得。信，诚然。

❺以康乐与羊、何若此：“康乐”即谢灵运。据《宋书·谢灵运传》记载，元嘉五年（428），灵运免官东归，与谢惠连、何长瑜、荀雍、羊曜璠写诗唱和，世称“四友”。

❻不称其才：意谓范晔学问渊博，多才多艺，诗却写得一般，与其才能不相称。

❼鲜举：不可多得之意。鲜，少。

宋孝武帝[1] 宋南平王铄[2] 宋建平王宏[3]

【原 文】

孝武诗，雕文织彩[4]，过为精密，为二藩希慕[5]，见称轻巧矣[6]。

【译 文】

刘骏的诗犹如雕玉织锦，过分精细绮密，为刘铄、刘宏向往仰慕，被人们认为轻艳工巧。

注 释

❶宋孝武帝（430—464）：刘骏，字休龙，小字道民，南朝宋皇帝。曾平定异母弟刘劭叛乱，于453年即位。传在《宋书》卷六、《南史》卷二。现存诗二十五首，其中五言二十三首。

❷宋南平王铄（431—453）：刘铄，字休玄，元嘉十六年（439）被封南平王。后被刘骏杀害。传在《宋书》卷七十二、《南史》卷十四。现存诗十首，其中五言九首。

❸宋建平王宏（434—458）：刘宏，字休度，刘骏弟。元嘉二十一年（444）被封建平王。传在《宋书》卷七十二、《南史》卷十四。其诗不存。

❹雕文织彩：雕文指雕镂玉器上的花纹，织彩指编织丝织品上的图案。这里形容刘骏诗过分雕饰。

❺二藩：指刘铄、刘宏。古称诸侯国为“藩”，刘铄、刘宏都曾封王，故称“二藩”。希慕：向往，仰慕。

❻见称：被称为。轻巧：轻艳工巧。钟嵘评诗重“风力”、尚“骨气”，“轻巧”含有贬义。

宋光禄谢庄[1]

【原 文】

希逸诗，气候清雅[2]，不逮于王、袁[3]，然兴属闲长[4]，良无鄙促也。

【译 文】

谢庄的诗，风格清新优雅，虽不及王微、袁淑，但兴致闲畅，确无鄙俗偏促之感。

注 释

❶谢庄（421—466）：字希逸，陈郡阳夏（今河南太康）人。曾任吏部尚书、散骑常侍等职，进位金紫光禄大夫，死后谥号“宪子”。传在《宋书》卷八十五、《南史》卷二十。有《谢光禄集》。现存诗十六首，其中五言十二首。

❷气候：有气韵、风格之意。原指人的气宇、风度。

❸王、袁：指王微、袁淑。

❹闲长：闲畅之意。《世说新语·雅量》篇说阮孚“神色闲畅”。

宋御史苏宝生[1] 宋中书令史陵修之[2] 宋典祠令任昙绪[3] 宋越骑戴法兴[4]

【原 文】

苏、陵、任、戴，并著篇章，亦为缙绅之所嗟

【译 文】

苏宝生、陵修之、任昙绪、戴法兴四人，都著有诗篇，也为达官贵人赞叹吟咏。

咏[5]。人非文是[6]，愈有可嘉焉。

他们本人虽不足道，文学才能却有足称者，那就更值得赞许了。

注释

❶苏宝生（？—458）：籍贯不详。出身寒门。曾任国子学《毛诗》助教、治书侍御史、江宁令。后被宋孝武帝杀害。事见《宋书》卷七十五、《南史》卷二十一《王僧达传》。其诗不存。

❷陵修之：生平事迹不详，诗亦不存。

❸任昙绪：生平事迹不详，诗亦不存。

❹戴法兴（414—465）：会稽山阴（今浙江绍兴）人。出身寒门，以军功封吴昌县男，历任要职，官至越骑校尉。后被免官赐死。传在《宋书》卷九十四、《南史》卷七十七。其诗不存。

❺缙绅：指达官贵人。

❻人非：似指该四人出身寒门而死于非命。文是：指该四人文学才能有足称者。《南史·王僧达传》说："时有苏宝者，名宝生，本寒门，有文义之美。"

宋监典事区惠恭[1]

【原 文】

惠恭本胡人[2]，为颜师伯干[3]。颜为诗笔，辄偷定之[4]。后造《独乐赋》[5]，语侵给主[6]，被斥。及大将军修北第[7]，差充作长[8]。时谢惠连兼记室参军[9]，惠恭时往共安

【译 文】

区惠恭本是外族人，曾为颜师伯的府吏。颜师伯每当写诗作文，则私下让他修改。后来他写了一篇《独乐赋》，言辞之间冒犯了主子，被辞退。到大将军刘义康修"北第"时，被挑选充当监工。当时谢惠连兼任（刘的）记室参

陵嘲调[10]。末作《双枕诗》以示谢[11]，谢曰："君诚能，恐人未重，且可以为谢法曹造。"遗大将军[12]，见之赏叹，以锦二端赐谢[13]。谢辞曰："此诗，公作长所制，请以锦赐之。"

军，惠恭经常去和他戏谑玩笑。后来他作了一篇《双枕诗》拿给谢看，谢说："你确能写诗，恐怕不被人看重，就权当我谢法曹作的吧。"于是便赠送给大将军。大将军读了很赞赏，赐给谢惠连锦缎二端。谢辞谢说："此诗是您的作长所写，请把锦缎赏赐给他吧。"

注释

❶区惠恭：生平事迹不详，诗亦不存。

❷胡人：古代对少数民族的鄙称。

❸颜师伯：字长渊，官至尚书左仆射、散骑常侍。干：府吏之类，是衙门里的办事人员。

❹偷定之：意谓私下里加工修改。

❺造：写作。《独乐赋》：已佚。

❻侵：冒犯。给主：主子，发给粮饷的人，指颜师伯。

❼大将军：指彭城王刘义康，他于元嘉十六年（439）任大将军。第：府第，住宅。

❽差：选择。充：当。作长：工头之类，此指监工。

❾时谢惠连兼记室参军：据《宋书》谢惠连本传记载，他于元嘉七年（430）为刘义康法曹参军，元嘉十年（433）卒。刘义康修"北第"当在进号大将军之前，称"大将军"是追述。

❿嘲调：嘲戏调笑，开玩笑。谢灵运《拟魏太子邺中集诗·应玚》："调笑辄酬答，嘲谑无惭沮。"

⓫末：后来。《双枕诗》：已佚。

⓬遗：赠送。

⓭端：表布帛等长度的量词，说法不一。《集韵》："布帛六丈曰端。"

齐惠休上人[1] 齐道猷上人[2] 齐释宝月[3]

【原 文】

惠休淫靡[4]，情过其才，世遂匹之鲍照[5]，恐商、周矣[6]。羊曜璠云[7]："是颜公忌照之文，故立休、鲍之论。"康、帛二胡[8]，亦有清句。《行路难》是东阳柴廓所造[9]。宝月尝憩其家[10]，会廓亡[11]，因窃而有之。廓子赍手本出都[12]，欲讼此事[13]，乃厚赂止之。

【译 文】

汤惠休的诗过于绮丽，感情丰富而才力不足，世人便把他与鲍照相提并论，恐怕他不是鲍照的对手。羊曜璠说："是颜延之妒忌鲍照的诗，所以就制造惠休、鲍照齐名的舆论。"宝月、道猷两位僧人，也有清新的诗句。《行路难》那首诗，本是东阳人柴廓作的，宝月曾经住在他家，碰上柴廓死去，便偷取来据为己有。柴廓的儿子带着手稿离开京城，想就此事打官司，宝月便贿以重金，才算了结。

注 释

❶惠休上人（生卒年不详）：本姓汤，字茂远，曾为僧（"上人"是对僧道的尊称），法名惠休。善写诗文，宋孝武帝命他还俗，任扬州从事史。事迹见《宋书》卷七十一《徐湛之传》。现存诗十一首，其中五言六首。

❷道猷上人（生卒年不详）：本姓冯，后改姓帛，山阴（今浙江绍兴）人。现存诗一首。

❸释宝月（生卒年不详）：本姓康，为僧后法名宝月。能作诗，通音乐，善谱曲。现存五言诗四首。

❹淫靡：过分绮丽。

❺世遂匹之鲍照：匹，比，并称。南朝时将鲍照与汤惠休并称，如《南齐

书·文学传论》："休、鲍后出，咸亦标世。"

❻恐商、周矣：商、周是我国古代两个朝代。商朝末年，政治腐败。周兴起，推翻商朝政权，建立周朝。这里"商"指汤惠休，"周"指鲍照，意谓二人不能相提并论。

❼羊曜璠：见本卷。

❽康、帛二胡："康"指宝月，"帛"指道猷。当时也称僧为胡。

❾柴廓：生平事迹不详。《行路难》：《玉台新咏》仍题为宝月作。

❿憩：休息。

⓫会：碰上。

⓬赍（jī）：持，携带。手本：手稿。都：京都。

⓭讼：诉讼，打官司。

齐高帝[1]　齐征北将军张永[2]　齐太尉王文宪[3]

【原 文】

齐高帝诗，词藻意深[4]，无所云少[5]。张景云虽谢文体[6]，颇有古意。至如王师文宪，既经国图远，或忽是雕虫[7]。

【译 文】

齐高帝萧道成的诗，语言藻饰，含意深长，无可挑剔。张永的诗虽不合于当时的体式，却很有点儿古诗的意趣。至于我的老师王俭，忙于治理国家以图国家长久，或许便忽视了写诗这种雕虫小技。

注 释

❶齐高帝（427—482）：萧道成，字绍伯，东海兰陵（治今山东兰陵西南兰陵镇）人。479年代宋称帝，建齐。传在《南齐书》卷一、《南史》卷四。现存四、五言诗各一首。

❷张永（410—475）：字景云，吴郡吴县（今江苏苏州）人。曾任征北将军、南兖州刺史。传在《宋书》卷五十三、《南史》卷三十一。其诗不存。

❸王文宪（452—489）：王俭，字仲宝，琅邪临沂（今属山东）人。在宋时已历任要职。曾助萧道成建齐，官至中书监，死后谥号“文宪”。又王俭曾任国子祭酒，时钟嵘为国子生，受到王俭赏识，故以师称之。传在《南齐书》卷二十三、《南史》卷二十二。有《王文宪集》。现存诗八首，其中五言五首。

❹藻：文采。

❺云：虚词。少：不足，欠缺。

❻谢：背离。

❼或：或许。忽：忽视，轻视。是：代词，“这”，此处指诗。“或忽是雕虫”是钟嵘对其师王俭诗不高明的开脱之词。

齐黄门谢超宗① 齐浔阳太守丘灵鞠② 齐给事中郎刘祥③ 齐司徒长史檀超④ 齐正员郎钟宪⑤ 齐诸暨令颜测⑥ 齐秀才顾则心⑦

解题

本书《序》说：“颜延、谢庄，尤为繁密，于时化之。故大明、泰始中，文章殆同书抄。”本条说：“大明、泰始中，鲍、休美文，殊已动俗。唯此诸人，传颜、陆体。”则谢超宗等七人，效法颜延之，是注重用事的。在钟嵘看来，这虽使“文章殆同书抄”，不足为训；却又属“典雅”之体，与“俗”的“鲍、休美文”不同，值得肯定。这便是“雅”与“俗”、颜延之诗派与鲍照诗派的区分。钟嵘是重“雅”轻“俗”的，反映出士大夫阶级的审美局限，但也有针砭当时淫艳诗风的用心。

【原 文】

檀、谢七君，并祖袭颜延[8]，欣欣不倦，得士大夫之雅致乎[9]！余从祖正员尝云[10]：“大明、泰始中[11]，鲍、休美文[12]，殊已动俗，唯此诸人，传颜、陆体[13]，用固执不移[14]，颜诸暨最荷家声[15]。”

【译 文】

檀超、谢超宗等七人，都效法颜延之的风格，欢欣鼓舞而不知疲倦，体现出士大夫那种典雅的趣味。我的从祖父正员郎钟宪曾说：“大明、泰始年间，鲍照、汤惠休艳美的诗歌，已经改变了诗坛风气。只有这几个人，继承颜延之、陆机的风格，毫不动摇，而颜测最享有家传的名声。”

注 释

❶谢超宗（430—483）：谢灵运之孙，在宋代已出仕。入齐，掌国史。因策划反齐，迫令自杀。传在《南齐书》卷三十六、《南史》卷十九。其诗不存。

❷丘灵鞠（生卒年不详）：吴兴乌程（今浙江湖州）人。丘迟父。在宋代已出仕。入齐，曾任浔阳相等职。传在《南齐书·文学传》《南史·文学传》。其诗不存。

❸刘祥（生卒年不详）：字显征，东莞莒县（今属山东）人。宋代已出仕。入齐，任临川王骠骑从事中郎等职。传在《南齐书》卷三十六、《南史》卷十五。其诗不存。

❹檀超（生卒年不详）：字悦祖，高平金乡（今属山东）人。宋时已出仕。入齐，历任骁骑将军、司徒右长史等职。传在《南齐书·文学传》《南史·文学传》。其诗不存。

❺钟宪（生卒年不详）：钟嵘的从祖父，曾任正员郎。其诗不存。

❻颜测：颜延之的后代。生平事迹不详，诗亦不存。

❼顾则心：生平事迹不详，诗亦不存。

❽颜延：即颜延之。钟嵘认为“檀、谢七君，并祖袭颜延”，是从“得士大夫之雅致”着眼的。

❾士大夫：指颜延之以及“檀、谢七君”。

❿从祖：祖父的兄弟，伯祖或叔祖。

⑪大明：宋孝武帝刘骏年号（457—464）。泰始：宋明帝刘彧年号（465—471）。

⑫鲍、休美文：指鲍照、汤惠休学习江南情歌写的艳丽的诗篇。

⑬传颜、陆体：传，继承、传接之意。颜、陆，指颜延之、陆机。卷中评颜延之："其源出于陆机。"

⑭用：以。

⑮颜诸暨：颜测。荷：担负。家声：家传的名声。颜测是颜延之后代，故这样说。

晋参军毛伯成[1] 宋朝请吴迈远[2] 宋朝请许瑶之[3]

【原 文】

伯成文不全佳，亦多惆怅。吴善于风人答赠，许长于短句咏物[4]。汤休谓远云[5]："我诗可为汝诗父。"以访谢光禄[6]，云："不然尔，汤可为庶兄[7]。"

【译 文】

毛伯成诗虽不篇篇都好，但也多有一种惆怅之情。吴迈远善于写乐府民歌体的赠答诗，许瑶之长于写短小的咏物诗。汤惠休对吴迈远说："我诗可以称为你诗的父亲。"他们就此请教谢庄，谢庄说："不然，汤诗可以称为兄长罢了。"

注 释

❶毛伯成：生平事迹不详，诗亦不存。

❷吴迈远（？—474）：籍贯不详。宋人，曾任江州从事、奉朝请。因参与桂阳王刘休范谋反，兵败被杀。传在《南史·文学传》。现存诗十一首，其中五言十首。

❸许瑶之：生平事迹不详，现存五言诗三首。

❹短句：南朝称五言四句小诗为“短句诗”。许瑶之现存诗俱五言四句。

❺汤休：即汤惠休。

❻谢光禄：谢庄。

❼庶兄：异母兄。意谓汤诗比吴诗略优。

齐鲍令晖[①] 齐韩兰英[②]

【原 文】

令晖歌诗[③]，往往崭绝清巧[④]，拟古尤胜[⑤]，唯《百愿》淫矣[⑥]。照尝答孝武云[⑦]：“臣妹才自亚于左芬[⑧]，臣才不及太冲耳[⑨]。”兰英绮密，甚有名篇，又善谈笑。齐武以为“韩公”[⑩]。借使二媛生于上叶[⑪]，则“玉阶”之赋[⑫]，“纨素”之辞[⑬]，未讵多也[⑭]。

【译 文】

鲍令晖的乐府体诗，往往奇特不凡，清新工巧，拟古诗尤为出色，只是《百愿》那首诗过于冗杂。鲍照曾回答宋孝武帝说：“我妹妹的才分自当次于左芬，我的才分也不及左思。”韩兰英的诗绮丽细密，有不少被人传诵的诗篇。齐武帝称她为“韩公”。假如二位女子生在汉代，那么班姬描写“玉阶”的赋，吟咏“纨素”的诗，就未必算好的了。

注 释

❶鲍令晖（生卒年不详）：鲍照之妹，著有《香茗赋集》等，已佚。现存五言诗七首。

❷韩兰英（生卒年不详）：吴郡（今江苏苏州）人。宋孝武帝时献《中兴赋》被召入宫。入齐，在宫中充任“博士”，宫人呼为“韩公”。传在《南齐书》卷二十。其诗不存。

❸歌诗：乐府体诗。

❹崭绝：形容山峰险峻奇异之状，如丘迟《旦发渔浦潭》：“诡怪石异象，崭绝峰殊状。”这里指诗意奇特不凡。

❺拟古：鲍令晖现存的拟古诗有《拟青青河畔草》《拟客从远方来》二首。

❻唯《百愿》淫矣：其意不详，可能指鲍令晖的一首长诗。淫，过多。

❼照：指鲍照。孝武：指宋孝武帝刘骏，见本卷。

❽亚于：次于。左芬：字兰芝，左思妹，西晋女诗人。

❾太冲：左思字，见卷上。

❿齐武：指齐武帝萧赜（482—493在位）。

⓫借使：假使。媛：对女子的美称。上叶：前代，这里指汉代。

⓬“玉阶”之赋：指汉婕妤班姬写的一篇赋。《汉书·外戚传》：“（班姬）作赋自伤悼，其辞曰：‘……华殿尘兮玉阶落，中庭萋兮绿草生。’”

⓭“纨素”之辞：指班姬《团扇》诗，内有“新裂齐纨素，皎洁如霜雪”的句子。见卷上《汉婕妤班姬》条。

⓮未讵多：“讵”在这里是虚词。多，贤，好。

齐司徒长史张融[①] 齐詹事孔稚珪[②]

【原 文】

思光诗缓诞放纵[③]，有乖文体[④]，然亦捷疾丰饶[⑤]，差不局促[⑥]。德璋生于封溪[⑦]，而文为雕饰，青于蓝矣[⑧]。

【译 文】

张融诗的风格舒缓怪诞，天马行空，虽不合于当时的一般诗体，但也写得很快很多，毫不拘束。孔稚珪的诗学于张融，但又能雕琢润饰，胜过了他的老师。

注 释

❶张融（444—497）：字思光，吴郡（治今江苏苏州）人。张永（见本卷）族弟。宋孝武帝时曾任封溪令。入齐，于永明八年（490）为司徒兼右长史。传

在《南齐书》卷四十一、《南史》卷三十二。现存诗四首，其中五言三首。

❷孔稚珪（447—501）：字德璋，会稽山阴（治今浙江绍兴）人，宋时已出仕。入齐，官至太子詹事，死后追赠金紫光禄大夫。传在《南齐书》卷四十八、《南史》卷四十九。有《孔詹事集》。现存五言诗四首。

❸缓诞：舒缓怪诞。《南史·张融传》：“融风止诡越。”

❹有乖文体：指张融诗不合于当时的一般体式。乖，违背。

❺捷疾丰饶：指张融文思敏捷，作品丰富。《南史·刘绘传》：“时张融以言辞辩捷。”

❻差：语助词，加强“不”的意思。局促：狭隘，这里指拘束。

❼德璋生于封溪：“封溪”指做过封溪令的张融。此句意谓孔稚珪的诗学习张融，也源于张融。

❽青于蓝：《荀子·劝学》篇：“青，取之于蓝而青于蓝。”“青”是一种染布的染料。“蓝”是一种可以提炼“青”的草。比喻学生受之于师而胜于师。

齐宁朔将军王融[①] 齐中庶子刘绘[②]

【原 文】

元长、士章，并有盛才[③]。词美英净[④]。至于五言之作，几乎尺有所短[⑤]。譬应变将略，非武侯所长，未足以贬卧龙[⑥]。

【译 文】

王融、刘绘，都有大才，语言华美，文采明净。至于五言诗，可以说是其所短。如同随机应变的军事谋略虽非诸葛亮所长，但也不足以贬低其“卧龙”的英名一样。

注 释

❶王融（467—493）：字元长，琅邪临沂（今属山东）人。王俭之侄，“竟陵

八友”之一，永明新体诗的创始人之一。曾任太子舍人，竟陵王萧子良举荐为宁朔将军。后被杀。传在《南齐书》卷四十七、《南史》卷二十一。有《王宁朔集》。现存诗约九十首，其中五言八十多首。

❷刘绘（458—502）：字士章，彭城（今江苏徐州）人。宋时已出仕。齐明帝时，任太子中庶子等。传在《南齐书》卷四十八、《南史》卷三十九。现存五言诗七首。

❸盛：大。

❹英：这里指文采。

❺尺有所短：《楚辞·卜居》：“夫尺有所短，寸有所长。”这里意谓王、刘虽有大才，但写五言诗是其所短。

❻譬应变将略，非武侯所长，未足以贬卧龙：“应变将略”指用兵打仗时随机应变的谋略。“武侯”“卧龙”都指诸葛亮。《三国志·蜀书·诸葛亮传评》：“连年动众，未能成功，盖应变将略，非其所长欤！”全句意谓尽管王、刘五言诗不够好，但也不足以贬低其大才；正如诸葛亮虽不长于军事谋略，也不足以贬低其历史地位一样。这是钟嵘对其友人王、刘五言诗的委婉批评与开脱之词。

齐仆射江祏[1] 祏弟祀

【原 文】

祏诗猗猗清润[2]。弟祀，明靡可怀[3]。

【译 文】

江祏的诗生动优美，清新温润。其弟江祀的诗，明净绮丽，可以回味。

注 释

❶江祏（？—499）：字弘业，济阳考城（今河南兰考）人。与齐明帝萧鸾为姑表兄弟，历任要职。东昏侯萧宝卷即位后，因与其弟江祀（字景昌）策划废立，事泄，兄弟同日被杀。传在《南齐书》卷四十二、《南史》卷四十七。其诗

不存。

❷猗猗（yī）：美盛貌。

❸明靡：明净绮丽。怀：怀想，这里指回味。

齐记室王中[1] 齐绥建太守卞彬[2] 齐端溪令卞铄[3]

【原 文】

王中、二卞诗，并爱奇崭绝[4]，慕袁彦伯之风。[5]虽不弘绰[6]，而文体剿净[7]，去平美远矣[8]。

【译 文】

王中、卞彬、卞铄，都爱好新奇不凡，向慕袁宏的诗风。虽然境界不够宏大，但风格明快，比那些平庸之作高明多了。

注 释

❶王中（？—505）：一作“王巾”，字简栖，琅邪临沂（今属山东）人。曾任郢州从事、征南记室等职。事迹见《文选》卷五十九李善注引《姓氏英贤录》。其诗不存。

❷卞彬（生卒年不详）：济阴冤句（今山东菏泽西南）人。宋时已出仕。入齐，曾任绥建太守等。传在《南齐书·文学传》《南史·文学传》。其诗不存。

❸卞铄：生平事迹不详，诗亦不存。

❹崭绝：形容山峰险峻奇异之状，这里指诗意奇特不凡。

❺袁彦伯：即袁宏，见卷中。

❻弘绰：宏大。

❼剿净：轻快明净。《广韵》：“剿，轻捷也。”

❽平美：平平，平淡无奇。见本卷《宋尚书令傅亮》条注。

齐诸暨令袁嘏[1]

【原 文】

嘏诗平平耳[2]，多自谓能。尝语徐太尉云[3]：“我诗有生气[4]，须人捉着。不尔，便飞去[5]。”

【译 文】

袁瑕的诗一般般，却自以为很有才能。曾对徐太尉说：“我诗有生气，必须有人捉住，不然，便飞走了。”

注 释

❶袁嘏（？—497）：陈郡（今河南周口市淮阳区）人。齐建武（494—498）末，任诸暨令，被杀。事迹见《南史·文学传》。其诗不存。

❷平平：一般般。

❸尝：曾经。语：告诉。徐太尉：其人不详。

❹生气：汉魏六朝文艺理论与批评术语，要求文艺作品能够传神、生动，不满足于“形似”，而进一步达到“神似”。梁武帝萧衍《答陶弘景书》：“婉婉暧暧，视之不足；棱棱凛凛，常有生气；适眼合心，便为甲科。”

❺不尔：不然。以上逸事又见于《南史》卷七十二《袁嘏传》：“又有陈郡袁嘏，自重其文，谓人云：‘我诗应须大材迮之，不尔飞去。’”

齐雍州刺史张欣泰[1]　梁中书郎范缜[2]

【原 文】

欣泰、子真，并希古胜

【译 文】

张欣泰、范缜都向慕古朴的诗风，鄙

文[3]，鄙薄俗制[4]，赏心流亮[5]，不失雅宗[6]。

薄那些流行一时的作品。他们的诗令人心旷神怡，音调嘹亮，不失为典雅的一派。

注释

❶张欣泰（456—501）：字义亨，竟陵（今湖北天门）人。宋时已出仕。入齐，官至雍州刺史。因参与废立之事，被杀。传在《南齐书》卷五十一、《南史》卷二十五。其诗不存。

❷范缜（约450—约510）：字子真，范云（见卷中）的堂兄。南齐时已出仕。入梁，任尚书左丞、中书郎等职。曾著《神灭论》，宣传无神论，影响很大。传在《梁书》卷四十八、《南史》卷五十七。其诗不存。

❸希：向往。古：指古代质朴诗风。胜文：质胜于文。《论语·雍也》："质胜文则野。"

❹鄙薄：轻视，瞧不起。俗制：风行一时的作品，指辞采艳丽的作品。

❺赏心：使心情喜悦。流亮：嘹亮。

❻雅宗：雅正的流派。宗，指宗派。

齐秀才陆厥[1]

【原 文】

观厥《文纬》[2]，具识文之情状[3]。自制未优，非言之失也[4]。

【译 文】

从陆厥的论文之作来看，他尽知诗的创作原理与方法。他本人的作品不高明，并非因为其理论失当。

注释

❶陆厥（472—499）：字韩卿，吴郡吴县（今江苏苏州）人。曾任行军参军等职。其父受株连被杀，他悲极而死。传在《南齐书·文学传》、《南史》卷四十八。今存诗十一首，其中五言九首。

❷《文纬》：《太平御览》卷四四七《人事部·品藻下》引姚信《士纬》："论清高之士，上可如老子、庄周，下可如君平、子贡耳。""《士纬》"既论士，则"《文纬》"当是论文之作。陆厥有《与沈约书》，对沈约的声律论提出异议，观点与钟嵘相近，如："将急在情物，而缓于章句。""一人之思，迟速天悬；一家之文，工拙壤隔；何独宫商律吕，必责其如一邪。"

❸具：同"俱"，尽。情状：指诗的原理、方法。

❹自制：指陆厥自己的作品。言：指他的言论，即"《文纬》"。失：错误。

梁常侍虞羲[1]　梁建阳令江洪[2]

【原 文】

子阳诗奇句清拔[3]，谢朓常嗟颂之[4]。洪虽无多，亦能自迥出[5]。

【译 文】

虞羲的诗，语句不凡，清新劲健，谢朓常常赞叹、吟诵。江洪诗虽不多，也能出类拔萃。

注释

❶虞羲（生卒年不详）：字子阳，会稽余姚（今浙江余姚）人。南齐时已出仕。入梁，任晋安王侍郎。事迹见《南史》卷五十九《王僧孺传》及《文选》卷二十一李善注引《虞羲集序》。现存诗十二首，其中五言十首。

❷江洪（生卒年不详）：济阳考城（今河南兰考）人。梁初曾任建阳令，后

因事被杀。事迹见《梁书》卷四十九《吴均传》、《南史》卷五十九《王僧孺传》。现存五言诗十七首。

❸清拔：清新劲健。陈祚明《采菽堂古诗选》评虞羲《咏霍将军北伐》："已稍洗尔时纤卑习气矣。"

❹颂：同"诵"。

❺迥出：突出。迥，远。

梁步兵鲍行卿[①] 梁晋陵令孙察[②]

【原 文】

行卿少年，甚擅风谣之美[③]。察最幽微[④]，而感赏至到耳[⑤]。

【译 文】

鲍行卿年纪轻轻，擅长写乐府民歌体的优美诗篇。孙察的诗意深远细微，他对事物的感受与领会是十分精到的。

注 释

❶鲍行卿（生卒年不详）：东海（郡治今山东郯城北）人。梁天监（502—519）初，位后军临川王录事，兼中书舍人。后迁步兵校尉。传在《南史》卷六十二。其诗不存。

❷孙察：生平事迹不详，诗亦不存。

❸风谣：歌谣，这里指乐府体诗。

❹幽微：指诗意深远细微。

❺感赏：对事物的感受与领会。至到：极为深透、精到。

附 录

一、《梁书·钟嵘传》《南史·钟嵘传》

《梁书·钟嵘传》

钟嵘，字仲伟，颍川长社人，晋侍中雅七世孙也。父蹈，齐中军参军。嵘与兄岏、弟屿并好学，有思理。嵘，齐永明中为国子生，明《周易》，卫军王俭领祭酒，颇赏接之。举本州秀才。起家王国侍郎，迁抚军行参军，出为安国令。永元末，除司徒行参军。天监初，制度虽革，而日不暇给，嵘乃言曰："永元肇乱，坐弄天爵，勋非即戎，官以贿就。挥一金而取九列，寄片札以招六校；骑都塞市，郎将填街。服既缨组，尚为臧获之事；职唯黄散，犹躬胥徒之役。名实淆紊，兹焉莫甚。臣愚谓军官是素族士人，自有清贯，而因斯受爵，一宜削除，以惩侥竞。若吏姓寒人，听极其门品，不当因军遂滥清级。若侨杂伧楚，应在绥抚，正宜严断禄力，绝其妨正，直乞虚号而已。谨竭愚忠，不恤众口。"敕付尚书行之。迁中军临川王行参军。衡阳王元简出守会稽，引为宁朔记室，专掌文翰。时居士何胤筑室若邪山，山发洪水，漂拔树石，此室独存。元简命嵘作《瑞室颂》以旌表之，辞甚典丽。选西中郎晋安王记室。

嵘尝品古今五言诗，论其优劣，名为《诗评》。其序曰：

气之动物，物之感人，故摇荡性情，形诸舞咏。欲以照烛三才，辉丽万有；灵祇待之以致飨，幽微藉之以昭告；动天地，感鬼神，莫近于诗。昔《南风》之辞，《卿云》之颂，厥义敻矣。《夏歌》曰："郁陶乎予心。"楚谣云："名余曰正则。"虽诗体未全，然略是五言之滥觞也。逮汉李陵，始著五言之目。古诗眇邈，人代难详，推其文体，固是炎汉之制，非衰周之倡也。自王、扬、枚、马之徒，辞赋竞爽，而吟咏靡闻。从李都尉讫班婕妤，将百年间，有妇人焉，一人而已。诗人之风，顿已缺丧。东京二百载中，唯有班固《咏史》，质木无文致。降及建安，曹公父子，笃好斯文；平原兄弟，郁为文栋；刘桢、王粲，为其羽翼；次有攀龙托凤，自致于属车者，盖将百计。彬彬之盛，大备于时矣。尔后陵迟衰微，讫于有晋。太康中，三张、二陆、两潘、一左，勃尔复兴，踵武前王，风流未沫，亦文章之中兴也。永嘉时，贵黄、老，尚虚谈，于时篇什，理过其辞，淡乎寡味。爰及江表，微波尚传，孙绰、许询、桓、庾诸公，皆平典似《道德论》，建安之风尽矣。先是郭景纯用俊上之才，创变其体；刘越石仗清刚之气，赞成厥美。然彼众我寡，未能动俗。逮义熙中，谢益寿斐然继作。元嘉初，有谢灵运，才高辞盛，富艳难踪，固已含跨刘、郭，陵轹潘、左。故知陈思为建安之杰，公幹、仲宣为辅；陆机为太康之英，安仁、景阳为辅；谢客为元嘉之雄，颜延年为辅。此皆五言之冠冕，文辞之命世。

夫四言，文约意广，取效《风》《骚》，便可多得。每苦文烦而意少，故世罕习焉。五言居文辞之要，是众作之有滋味者也，故云会于流俗。岂不以指事遣形，穷情写物，最为详切者邪？故诗有六义焉，一曰兴，二曰赋，三曰比。文已尽而意有余，兴也；因物喻志，比也；直书其事，寓言写物，赋也。弘斯三义，酌而用之，干之以风力，润之以丹采，使味之者无极，闻之者动心，是诗之至也。若专用比兴，则患在意深，意深则辞踬；若但用赋体，则患在意浮，意浮则文散，嬉成流移，文无止泊，有芜漫之累矣。若乃春风春鸟，秋月秋蝉，夏云暑雨，冬月祁寒，斯四候之感诸诗者也。嘉会寄诗以亲，离群托诗以怨。至于楚臣去境，汉妾辞宫；或骨横朔野，或魂逐飞蓬；或负戈外戍，或杀气雄边，塞客衣单，孀闺泪尽；又士有解佩出朝，一去忘反；女有扬蛾入宠，再盼倾国。凡斯种种，感荡心灵，非陈诗何以展其义？非长歌何以释其情？故曰："诗可以群，可以怨。"使穷贱易安，幽居靡闷，莫尚于诗矣。故辞人作者，罔不爱好。今之士俗，斯风炽矣。裁能胜衣，甫就小学，必甘心而驰骛焉。于是庸音杂体，各为家法。至于膏腴子弟，耻文不逮，终朝点缀，分夜呻吟，独观谓为警策，众视终沦平钝。次有轻荡之徒，笑曹、刘为古拙，谓鲍昭"羲皇上人"，谢朓今古独步。而师鲍昭，终不及"日中市朝满"；学谢朓，劣得"黄鸟度青枝"。徒自弃于高听，无涉于文流矣。

嵘观王公搢绅之士，每博论之余，何尝不以诗为口实，随其嗜欲，商榷不同，淄渑并泛，朱紫相夺，喧哗竞起，准的无依。近彭城刘士章，俊赏之士，疾其淆乱，欲为当世诗品，口陈标榜，其文未遂，嵘感而作焉。昔九品论人，《七略》裁士，校以宾实，诚多未值。至若诗之为技，较尔可知，以类推之，殆同博弈。方今皇帝，资生知之上才，体沈郁之幽思，文丽日月，学究天人，昔在贵游，已为称首。况八纮既掩，风靡云蒸，抱玉者连肩，握珠者踵武。固以睨汉、魏而弗顾，吞晋、宋于胸中，谅非农歌辕议，敢致流别。嵘之今录，庶周游于闾里，均之于谈笑耳。

顷之，卒官。

屿，字长岳，官至府参军、建康平。著《良吏传》十卷。屿，字季望，永嘉郡丞。天监十五年，敕学士撰《遍略》，屿亦预焉。兄弟并有文集。

《南史·钟嵘传》

钟嵘，字仲伟，颍川长社人，晋侍中雅七世孙也。父蹈，齐中军参军。

嵘与兄岏、弟屿并好学，有思理。嵘齐永明中为国子生，明《周易》。卫将军王俭领祭酒，颇赏接之。建武初，为南康王侍郎。时齐明帝躬亲细务，纲目亦密。于是郡县及六署九府常行职事，莫不争自启闻，取决诏敕。文武勋旧皆不归选部，于是凭势互相通进，人君之务，粗为繁密。嵘乃上书言："古者明君，揆才颁政，量能授职，三公坐而论道，九卿作而成务，天子可恭己南面而已。"书奏，上不怿，谓太中大夫顾暠曰："钟嵘何人，欲断朕机务，卿识之不？"答曰："嵘虽位末名卑，而所言或有可采。且繁碎职事，各有司存，今人主总而亲之，是人主愈劳而人臣愈逸，所谓代庖人宰而为大匠斫也。"上不顾而他言。

永元末，除司徒行参军。梁天监初，制度虽革，而未能尽改前弊，嵘上言曰："永元肇乱，坐弄天爵，勋非即戎，官以贿就。挥一金而取九列，寄片札以招六校；骑都塞市，郎将填街。服既缨组，尚为臧获之事；职虽黄散，犹躬胥徒之役。名实淆紊，兹焉莫甚。臣愚谓永元诸军官是素族士人，自有清贯，而因斯受爵，一宜削除，以惩浇竞。若吏姓寒人，听极其门品，不当因军遂滥清级。若侨杂伧楚，应在绥抚，正宜严断禄力，绝其妨正，直乞虚号而已。"敕付尚书行之。

衡阳王元简出守会稽，引为宁朔记室，专掌文翰。时居士何胤筑室若邪山，山发洪水，漂拔树石，此室独存。元简令嵘作《瑞室颂》以旌表之，辞甚典丽。迁西中郎晋安王记室。

嵘尝求誉于沈约，约拒之。及约卒，嵘品古今诗为评，言其优劣，云“观休文众制，五言最优。齐永明中，相王爱文，王元长等皆宗附约。于时谢朓未遒，江淹才尽，范云名级又微，故称独步。故当辞密于范，意浅于江”。盖追宿憾，以此报约也。顷之卒官。

岏，字长丘，位建康令卒。著《良吏传》十卷。

屿，字季望，永嘉郡丞。

二、《诗品》所录诗作

古　诗

行行重行行，与君生别离。相去万余里，各在天一涯。道路阻且长，会面安可知？胡马依北风，越鸟巢南枝。相去日已远，衣带日已缓。浮云蔽白日，游子不顾反。思君令人老，岁月忽已晚。弃捐勿复道，努力加餐饭！

青青河畔草，郁郁园中柳。盈盈楼上女，皎皎当窗牖。娥娥红粉妆，纤纤出素手。昔为倡家女，今为荡子妇。荡子行不归，空床难独守。

青青陵上柏，磊磊涧中石。人生天地间，忽如远行客。斗酒相娱乐，聊厚不为薄。驱车策驽马，游戏宛与洛。洛中何郁郁，冠带自相索。长衢罗夹巷，王侯多第宅。两宫遥相望，双阙百余尺。极宴娱心意，戚戚何所迫。

今日良宴会，欢乐难具陈。弹筝奋逸响，新声妙入神。令德唱高言，识曲听其真。齐心同所愿，含意俱未申。人生寄一世，奄忽若飙尘。何不策高足，先据要路津。无为守穷贱，轗轲长苦辛。

西北有高楼，上与浮云齐。交疏结绮窗，阿阁三重阶。上有弦歌声，音响一何悲！谁能为此曲，无乃杞梁妻。清商随风发，中曲正徘徊。一弹再三叹，慷慨有余哀。不惜歌者苦，但伤知音稀。愿为双鸿鹄，奋翅起高飞。

涉江采芙蓉，兰泽多芳草。采之欲遗谁，所思在远道。还顾望旧乡，长路漫浩浩。同心而离居，忧伤以终老。

明月皎夜光，促织鸣东壁。玉衡指孟冬，众星何历历。白露沾野草，时节忽复易。秋蝉鸣树间，玄鸟逝安适。昔我同门友，高举振六翮。不念携手好，弃我如遗迹。南箕北有斗，牵牛不负轭。良无磐石固，虚名复何益。

庭中有奇树，绿叶发华滋。攀条折其荣，将以遗所思。馨香盈怀袖，路远莫致之。此物何足贵，但感别经时。

迢迢牵牛星，皎皎河汉女。纤纤擢素手，札札弄机杼。终日不成章，泣涕零如雨。河汉清且浅，相去复几许。盈盈一水间，脉脉不得语。

东城高且长，逶迤自相属。回风动地起，秋草萋已绿。四时更变化，岁暮一何速！晨风怀苦心，蟋蟀伤局促。荡涤放情志，何为自结束！燕赵多佳人，美者颜如玉。被服罗裳衣，当户理清曲。音响一何悲！弦急知柱促。驰情整巾带，沉吟聊踯躅。思为双飞燕，衔泥巢君屋。

明月何皎皎，照我罗床纬。忧愁不能寐，揽衣起徘徊。客行虽云乐，不如早旋归。出户独彷徨，愁思当告谁！引领还入房，泪下沾裳衣。

（以上诸首，陆机有过拟作。）

去者日以疏，生者日已亲。出郭门直视，但见丘与坟。古墓犁为田，松柏摧为薪。白杨多悲风，萧萧愁杀人。思还故里闾，欲归道无因。

客从远方来，遗我一端绮。相去万余里，故人心尚尔。文彩双鸳鸯，裁为合欢被。着以长相思，缘以结不解。以胶投漆中，谁能别离此。

橘柚垂华实，乃在深山侧。闻君好我甘，窃独自雕饰。委身玉盘中，历年冀见食。芳菲不相投，青黄忽改色。人倘欲我知，因君为羽翼。

（以上钟嵘所称“颇为总杂”“亦为惊绝矣”。）

冉冉孤生竹，结根泰山阿。与君为新婚，菟丝附女萝。菟丝生有时，夫妇会有宜。千里远结婚，悠悠隔山陂。思君令人老，轩车来何迟！伤彼蕙兰花，含英扬光辉。过时而不采，将随秋草萎。君亮执高节，贱妾亦何为！

回车驾言迈，悠悠涉长道。四顾何茫茫，东风摇百草。所遇无故物，焉得不速老。盛衰各有时，立身苦不早。人生非金石，岂能长寿考。奄忽随物化，荣名以为宝。

驱车上东门，遥望郭北墓。白杨何萧萧，松柏夹广路。下有陈死人，杳杳即长暮。潜寐黄泉下，千载永不寤。浩浩阴阳移，年命如朝露。人生忽如寄，寿无金石固。万岁更相送，贤圣莫能度。服食求神仙，多为药所误。不如饮美酒，被服纨与素。

生年不满百，常怀千岁忧。昼短苦夜长，何不秉烛游！为乐当及时，何能待来兹。愚者爱惜费，但为后世嗤。仙人王子乔，难可与等期。

凛凛岁云暮，蝼蛄夕鸣悲。凉风率已厉，游子寒无衣。锦衾遗洛浦，同袍与我违。独宿累长夜，梦想见容辉。良人惟古欢，枉驾惠前绥。愿得常巧笑，携手同车归。既来不须臾，又不处重闱。亮无晨风翼，焉能凌风飞。盼睐以适意，引领遥相希。徙倚怀感伤，垂涕沾双扉。

孟冬寒气至，北风何惨栗。愁多知夜长，仰观众星列。三五明月满，四五蟾兔缺。客从远方来，遗我一书札。上言长相思，下言久离别。置书怀袖中，三岁字不灭。一心抱区区，惧君不识察。

（以上除《橘柚垂华实》一首外，后世总称为《古诗十九首》）。

与苏武诗

（后人伪托李陵之作）

良时不再至，离别在须臾。屏营衢路侧，执手野踟蹰。仰视浮云驰，奄忽互相逾。风波一失所，各在天一隅。长当从此别，且复立斯须。欲因晨风发，送子以贱躯。

嘉会难再遇，三载为千秋。临河濯长缨，念子怅悠悠。远望悲风至，对酒不能酬。行人怀往路，何以慰我愁？独有盈觞酒，与子结绸缪。

携手上河梁，游子暮何之？徘徊蹊路侧，悢悢不得辞。行人难久留，各言长相思。安知非日月，弦望自有时？努力崇明德，皓首以为期。

别李陵

（后人伪托苏武之作）

双凫俱北飞，一凫独南翔。子当留斯馆，我当归故乡。一别如秦胡，会见何讵央。怆恨切中怀，不觉泪沾裳。愿子长努力，言笑莫相忘。

《怨歌行》（一名《团扇》）

（后人伪托班婕妤之作）

新裂齐纨素，皎洁如霜雪。裁为合欢扇，团团似明月。出入君怀袖，动摇微风发。常恐秋节至，凉风夺炎热。弃捐箧笥中，恩情中道绝。

咏史诗

班 固

三王德弥薄，惟后用肉刑。太仓令有罪，就逮长安城。自恨身无子，困急独茕茕。小女痛父言，死者不复生。上书诣北阙，阙下歌鸡鸣。忧心摧折裂，晨风激扬声。圣汉孝文帝，恻然感至诚。百男何愦愦，不如一缇萦。

答秦嘉诗

徐 淑

妾身兮不令，婴疾兮来归。沉滞兮家门，历时兮不差。旷废兮侍觐，情敬兮有违。君今兮奉命，远适兮京师。悠悠兮离别，无因兮叙怀。瞻望兮踊跃，伫立兮徘徊。思君兮感结，梦想兮容辉。君发兮引迈，去我兮日乖。恨无兮羽翼，高飞兮相追。长吟兮永叹，泪下兮沾衣。

见志诗

郦 炎

大道夷且长，窘路狭且促。修翼无卑栖，远趾不步局。舒吾陵霄羽，奋此千里足。超迈绝尘驱，倏忽谁能逐。贤愚岂常类，禀性在清浊。富贵有人籍，贫贱无天录。通塞苟由己，志士不相卜。陈平敖里社，韩信钓河曲。终居天下宰，食此万钟禄。德音流千载，功名重山岳。

灵芝生河洲，动摇因洪波。兰荣一何晚，严霜瘁其柯。哀哉二芳草，不植太山阿。文质道所贵，遭时用有嘉。绛灌临衡宰，谓谊崇浮华。贤才抑不用，远投荆南沙。抱玉乘龙骥，不逢乐与和。安得孔仲尼，为世陈四科。

疾邪诗

赵 壹

河清不可恃，人命不可延。顺风激靡草，富贵者称贤。文籍虽满腹，不如一囊钱。伊优北堂上，肮脏倚门边。

势家多所宜，咳唾自成珠。被褐怀金玉，兰蕙化为刍。贤者虽独悟，所困在群愚。且各守尔分，勿复空驰驱。哀哉复哀哉，此是命矣夫！

苦寒行

曹 操

北上太行山，艰哉何巍巍！羊肠坂诘屈，车轮为之摧。树木何萧瑟！北风声正悲。熊罴对我蹲，虎豹夹路啼。溪谷少人民，雪落何霏霏！延颈长叹息，远行多所怀。我心何怫郁？思欲一东归。水深桥梁绝，中路正徘徊。迷惑失故路，薄暮无宿栖。行行日已远，人马同时饥。担囊行取薪，斧冰持作糜。悲彼东山诗，悠悠使我哀。

薤露行

曹　操

惟汉廿二世，所任诚不良。沐猴而冠带，知小而谋强。犹豫不敢断，因狩执君王。白虹为贯日，己亦先受殃。贼臣持国柄，杀主灭宇京。荡覆帝基业，宗庙以燔丧。播越西迁移，号泣而且行。瞻彼洛城郭，微子为哀伤。

蒿里行

曹　操

关东有义士，兴兵讨群凶。初期会盟津，乃心在咸阳。军合力不齐，踌躇而雁行。势利使人争，嗣还自相戕。淮南弟称号，刻玺于北方。铠甲生虮虱，万姓以死亡。白骨露于野，千里无鸡鸣。生民百遗一，念之断人肠。

却东西门行

曹　操

鸿雁出塞北，乃在无人乡。举翅万余里，行止自成行。冬节食南稻，春日复北翔。田中有转蓬，随风远飘扬。长与故根绝，万岁不相当。奈何此征夫，安得去四方！戎马不解鞍，铠甲不离傍。冉冉老将至，何时返故乡？神龙藏深泉，猛兽步高冈。狐死归首丘，故乡安可忘！

杂 诗

曹 丕

漫漫秋夜长，烈烈北风凉。辗转不能寐，披衣起彷徨。彷徨忽已久，白露沾我裳。俯视清水波，仰看明月光。天汉回西流，三五正纵横。草虫鸣何悲，孤雁独南翔。郁郁多悲思，绵绵思故乡。愿飞安得翼，欲济河无梁。向风长叹息，断绝我中肠。

西北有浮云，亭亭如车盖。惜哉时不遇，适与飘风会。吹我东南行，行行至吴会。吴会非我乡，安得久留滞。弃置勿复陈，客子常畏人。

送应氏

曹 植

步登北邙阪，遥望洛阳山。洛阳何寂寞，宫室尽烧焚。垣墙皆顿擗，荆棘上参天。不见旧耆老，但睹新少年。侧足无行径，荒畴不复田。游子久不归，不识陌与阡。中野何萧条，千里无人烟。念我平常居，气结不能言。

清时难屡得，嘉会不可常。天地无终极，人命若朝霜。愿得展嬿婉，我友之朔方。亲昵并集送，置酒此河阳。中馈岂独薄？宾饮不尽觞。爱至望苦深，岂不愧中肠？山川阻且远，别促会日长。愿为比翼鸟，施翮起高翔。

七 哀

曹 植

明月照高楼，流光正徘徊。上有愁思妇，悲叹有余哀。借问叹者谁，言是宕子妻。君行逾十年，孤妾常独栖。君若清路尘，妾若浊水泥。浮沉各异势，会合何时谐？愿为西南风，长逝入君怀。君怀良不开，贱妾当何依。

赠白马王彪

曹　植

谒帝承明庐，逝将归旧疆。清晨发皇邑，日夕过首阳。伊洛广且深，欲济川无梁。泛舟越洪涛，怨彼东路长。顾瞻恋城阙，引领情内伤。

太谷何寥廓，山树郁苍苍。霖雨泥我涂，流潦浩纵横。中逵绝无轨，改辙登高冈。修坂造云日，我马玄以黄。

玄黄犹能进，我思郁以纡。郁纡将何念？亲爱在离居。本图相与偕，中更不克俱。鸱枭鸣衡扼，豺狼当路衢。苍蝇间白黑，谗巧令亲疏。欲还绝无蹊，揽辔止踟蹰。

踟蹰亦何留？相思无终极。秋风发微凉，寒蝉鸣我侧。原野何萧条，白日忽西匿。归鸟赴乔林，翩翩厉羽翼。孤兽走索群，衔草不遑食。感物伤我怀，抚心常太息。

太息将何为？天命与我违。奈何念同生，一往形不归。孤魂翔故域，灵柩寄京师。存者忽复过，亡殁身自衰。人生处一世，去若朝露晞。年在桑榆间，影响不能追。自顾非金石，咄唶令心悲。

心悲动我神，弃置莫复陈。丈夫志四海，万里犹比邻。恩爱苟不亏，在远分日亲。何必同衾帱，然后展殷勤。忧思成疾疢，无乃儿女仁。仓卒骨肉情，能不怀苦辛？

苦辛何虑思？天命信可疑。虚无求列仙，松子久吾欺。变故在斯须，百年谁能持？离别永无会，执手将何时？王其爱玉体，俱享黄发期。收泪即长路，援笔从此辞。

箜篌引

曹 植

置酒高殿上，亲交从我游。中厨办丰膳，烹羊宰肥牛。秦筝何慷慨，齐瑟和且柔。阳阿奏奇舞，京洛出名讴。乐饮过三爵，缓带倾庶羞。主称千金寿，宾奉万年酬。久要不可忘，薄终义所尤。谦谦君子德，磬折欲何求。惊风飘白日，光景驰西流。盛时不再来，百年忽我遒。生存华屋处，零落归山丘。先民谁不死，知命复何忧？

杂 诗

曹 植

高台多悲风，朝日照北林。之子在万里，江湖迥且深。方舟安可极，离思故难任。孤雁飞南游，过庭长哀吟。翘思慕远人，愿欲托遗音。形影忽不见，翩翩伤我心。

转蓬离本根，飘摇随长风。何意回飚举，吹我入云中。高高上无极，天路安可穷？类此游客子，捐躯远从戎。毛褐不掩形，薇藿常不充。去去莫复道，沉忧令人老。

西北有织妇，绮缟何缤纷。明晨秉机杼，日昃不成文。太息终长夜，悲啸入青云。妾身守空闺，良人行从军。自期三年归，今已历九春。飞鸟绕树翔，嗷嗷鸣索群。愿为南流景，驰光见我君。

南国有佳人，容华若桃李。朝游江北岸，夕宿潇湘沚。时俗薄朱颜，谁为发皓齿？俯仰岁将暮，荣耀难久恃。

仆夫早严驾，吾行将远游。远游欲何之？吴国为我仇。将骋万里途，东路安足由？江介多悲风，淮泗驰急流。愿欲一轻济，惜哉无方舟。闲居非吾志，甘心赴国忧。

飞观百余尺，临牖御棂轩。远望周千里，朝夕见平原。烈士多悲心，小人偷自闲。国仇亮不塞，甘心思丧元。抚剑西南望，思欲赴太山。弦急悲声发，聆我慷慨言。

揽衣出中闺，逍遥步两楹。闲房何寂寞，绿草被阶庭。空室自生风，百鸟翩南征。春思安可忘，忧戚与我并。佳人在远遁，妾身单且茕。欢会难再遇，芝兰不重荣。人皆弃旧爱，君岂若平生。寄松为女萝，依水如浮萍。赍身奉衿带，朝夕不堕倾。倘终顾盼恩，永副我中情。

赠徐幹

曹　植

惊风飘白日，忽然归西山。圆景光未满，众星粲以繁。志士营世业，小人亦不闲。聊且夜行游，游彼双阙间。文昌郁云兴，迎风高中天。春鸠鸣飞栋，流猋激棂轩。顾念蓬室士，贫贱诚可怜。薇藿弗充虚，皮褐犹不全。慷慨有悲心，兴文自成篇。宝弃怨何人?和氏有其愆。弹冠俟知己，知己谁不然?良田无晚岁，膏泽多丰年。亮怀玙璠美，积久德愈宣。亲交义在敦，申章复何言!

赠丁仪

曹　植

初秋凉气发，庭树微销落。凝霜依玉除，清风飘飞阁。朝云不归山，霖雨成川泽。黍稷委畴陇，农夫安所获。在贵多忘贱，为恩谁能博。狐白足御冬，焉念无衣客。思慕延陵子，宝剑非所惜。子其宁尔心，亲交义不薄。

赠丁仪、王粲

曹 植

从军度函谷，驱马过西京。山岑高无极，泾渭扬浊清。壮或帝王居，佳丽殊百城。员阙出浮云，承露概泰清。皇佐扬天惠，四海无交兵。权家虽爱胜，全国为令名。君子在末位，不能歌德声。丁生怨在朝，王子欢自营。欢怨非贞则，中和诚可经。

野田黄雀行

曹 植

高树多悲风，海水扬其波。利剑不在掌，结友何须多？不见篱间雀，见鹞自投罗。罗家得雀喜，少年见雀悲。拔剑捎罗网，黄雀得飞飞。飞飞摩苍天，来下谢少年。

白马篇

曹 植

白马饰金羁，连翩西北驰。借问谁家子，幽并游侠儿。少小去乡邑，扬声沙漠垂。宿昔秉良弓，楛矢何参差。控弦破左的，右发摧月支。仰手接飞猱，俯身散马蹄。狡捷过猴猿，勇剽若豹螭。边城多警急，虏骑数迁移。羽檄从北来，厉马登高堤。长驱蹈匈奴，左顾凌鲜卑。弃身锋刃端，性命安可怀？父母且不顾，何言子与妻！名编壮士籍，不得中顾私。捐躯赴国难，视死忽如归！

名都篇

曹 植

名都多妖女，京洛出少年。宝剑值千金，被服丽且鲜。斗鸡东郊道，走马长楸间。驰骋未及半，双兔过我前。揽弓捷鸣镝，长驱上南山。左挽因右发，一纵两禽连。余巧未及展，仰手接飞鸢。观者咸称善，众工归我妍。归来宴平乐，美酒斗十千。脍鲤臇胎鰕，寒鳖炙熊蹯。鸣俦啸匹侣，列坐竟长筵。连翩击鞠壤，巧捷唯万端。白日西南驰，光景不可攀。云散还城邑，清晨复来还。

太山梁甫行

曹 植

八方各异气，千里殊风雨。剧哉边海民，寄身于草野。妻子象禽兽，行止依林阻。柴门何萧条，狐兔翔我宇。

美女篇

曹 植

美女妖且闲，采桑歧路间。柔条纷冉冉，落叶何翩翩。攘袖见素手，皓腕约金环。头上金爵钗，腰佩翠琅玕。明珠交玉体，珊瑚间木难。罗衣何飘飘，轻裾随风还。顾盼遗光彩，长啸气若兰。行徒用息驾，休者以忘餐。借问女安居，乃在城南端。青楼临大路，高门结重关。容华耀朝日，谁不希令颜？媒氏何所营？玉帛不时安。佳人慕高义，求贤良独难。众人徒嗷嗷，安知彼所观？盛年处房室，中夜起长叹。

七哀诗

王 粲

西京乱无象，豺虎方遘患。复弃中国去，委身适荆蛮。亲戚对我悲，朋友相追攀。出门无所见，白骨蔽平原。路有饥妇人，抱子弃草间。顾闻号泣声，挥涕独不还。未知身死处，何能两相完？驱马弃之去，不忍听此言。南登霸陵岸，回首望长安。悟彼下泉人，喟然伤心肝。

荆蛮非我乡，何为久滞淫。方舟溯大江，日暮愁我心。山冈有余映，岩阿增重阴。狐狸驰赴穴，飞鸟翔故林。流波激清响，猴猿临岸吟。迅风拂裳袂，白露沾衣襟。独夜不能寐，摄衣起抚琴。丝桐感人情，为我发悲音。羁旅无终极，忧思壮难任。

从军行

王 粲

悠悠涉荒路，靡靡我心愁。四望无烟火，但见林与丘。城郭生榛棘，蹊径无所由。雚蒲竟广泽，葭苇夹长流。日夕凉风发，翩翩漂吾舟。寒蝉在树鸣，鹳鹄摩天游。客子多悲伤，泪下不可收。朝入谯郡界，旷然消人忧。鸡鸣达四境，黍稷盈原畴。馆宅充廛里，士女满庄馗。自非圣贤国，谁能享斯休？诗人美乐土，虽客犹愿留。

咏史诗

王 粲

自古无殉死，达人所共知。秦穆杀三良，惜哉空尔为。结发事明君，受恩良不訾。临没要之死，焉得不相随。妻子当门泣，兄弟哭路垂。临穴呼苍天，涕下如绠縻。人生各有志，终不为此移。同知埋身剧，心亦有所施。生为百夫雄，死为壮士规。黄鸟作悲诗，至今声不亏。

赠从弟

刘 桢

泛泛东流水，磷磷水中石。蘋藻生其涯，华叶纷扰溺。采之荐宗庙，可以羞嘉客。岂无园中葵？懿此出深泽。

亭亭山上松，瑟瑟谷中风。风声一何盛，松枝一何劲！冰霜正惨凄，终岁常端正。岂不罹凝寒？松柏有本性。

凤皇集南岳，徘徊孤竹根。于心有不厌，奋翅凌紫氛。岂不常勤苦？羞与黄雀群。何时当来仪？将须圣明君。

赠徐幹

刘 桢

谁谓相去远，隔此西掖垣。拘限清切禁，中情无由宣。思子沉心曲，长叹不能言。起坐失次第，一日三四迁。步出北寺门，遥望西苑园。细柳夹道生，方塘含清源。轻叶随风转，飞鸟何翻翻。乖人易感动，涕下与衿连。仰视白日光，皦皦高且悬。兼烛八纮内，物类无颇偏。我独抱深感，不得与比焉。

（此即《诗品》所说的“伟长与公幹往复”中的刘桢赠诗。）

室 思

徐 幹

浮云何洋洋，愿因通我辞。飘摇不可寄，徙倚徒相思。人离皆复会，君独无返期。自君之出矣，明镜暗不治。思君如流水，何有穷已时。

（此即《诗品》所说的“‘思君如流水’，既是即目”。）

驾出北郭门行

阮 瑀

驾出北郭门，马樊不肯驰。下车步踟蹰，仰折枯杨枝。顾闻丘林中，嗷嗷有悲啼。借问啼者出，何为乃如斯？亲母舍我殁，后母憎孤儿。饥寒无衣食，举动鞭捶施。骨消肌肉尽，体若枯树皮。藏我空室中，父还不能知。上冢察故处，存亡永别离。亲母何可见，泪下声正嘶。弃我于此间，穷厄岂有赀？传告后代人，以此为明规。

百一诗

应 璩

下流不可处，君子慎厥初。名高不宿著，易用受侵诬。前者隳官去，有人适我闾。田家无所有，酌醴焚枯鱼。问我何功德，三入承明庐。所占于此土，是谓仁智居。文章不经国，筐箧无尺书。用等称才学，往往见叹誉。避席跪自陈，贱子实空虚。宋人遇周客，惭愧靡所如。

咏怀诗

阮 籍

夜中不能寐，起坐弹鸣琴。薄帷鉴明月，清风吹我襟。孤鸿号外野，翔鸟鸣北林。徘徊将何见？忧思独伤心。

嘉树下成蹊，东园桃与李。秋风吹飞藿，零落从此始。繁华有憔悴，堂上生荆杞。驱马舍之去，去上西山趾。一身不自保，何况恋妻子。凝霜被野草，岁暮亦云已。

登高临四野，北望青山阿。松柏翳冈岑，飞鸟鸣相过。感慨怀辛酸，怨毒常苦多。李公悲东门，苏子狭三河。求仁自得仁，岂复叹咨嗟。

平生少年时，轻薄好弦歌。西游咸阳中，赵李相经过。娱乐未终极，白日忽蹉跎。驱马复来归，反顾望三河。黄金百镒尽，资用常苦多。北临太行道，失路将如何。

昔闻东陵瓜，近在青门外。连畛距阡陌，子母相钩带。五色曜朝日，嘉宾四面会。膏火自煎熬，多财为患害。布衣可终身，宠禄岂足赖。

昔年十四五，志尚好诗书。被褐怀珠玉，颜闵相与期。开轩临四野，登高望所思。丘墓蔽山冈，万代同一时。千秋万岁后，荣名安所之。乃悟羡门子，噭噭令自嗤。

于心怀寸阴，羲阳将欲冥。挥袂抚长剑，仰观浮云征。云间有玄鹤，抗志扬哀声。一飞冲青天，旷世不再鸣。岂与鹑鷃游，连翩戏中庭。

驾言发魏都，南向望吹台。箫管有遗音，梁王安在哉？战士食糟糠，贤者处蒿莱。歌舞曲未终，秦兵已复来。夹林非吾有，朱宫生尘埃。军败华阳下，身竟为土灰。

徘徊蓬池上，还顾望大梁。绿水扬洪波，旷野莽茫茫。走兽交横驰，飞鸟相随翔。是时鹑火中，日月正相望。朔风厉严寒，阴气下微霜。羁旅无俦匹，俛仰怀哀伤。小人计其功，君子道其常。岂惜终憔悴，咏言着斯章。

壮士何慷慨，志欲威八荒。驱车远行役，受命念自忘。良弓挟乌号，明甲有精光。临难不顾生，身死魂飞扬。岂为全躯士，效命争战场。忠为百世荣，义使令名彰。垂声谢后世，气节故有常。

少年学击剑，妙伎过曲城。英风截云霓，超世发奇声。挥剑临沙漠，饮马九野坰。旗帜何翩翩，但闻金鼓鸣。军旅令人悲，烈烈有哀情。念我平常时，悔恨从此生。

洪生资制度，被服正有常。尊卑设次序，事物齐纪纲。容饰整颜色，磬折执圭璋。堂上置玄酒，室中盛稻粱。外厉贞素谈，户内灭芬芳。放口从衷出，复说道义方。委曲周旋仪，姿态愁我肠。

赠秀才入军

嵇 康

双鸾匿景曜，戢翼太山崖。抗首漱朝露，晞阳振羽仪。长鸣戏云中，时下息兰池。自谓绝尘埃，终始永不亏。何意世多艰，虞人来我维。云网塞四区，高罗正参差。奋迅势不便，六翮无所施。隐姿就长缨，卒为时所羁。单雄翩独逝，哀吟伤生离。徘徊恋俦侣，慷慨高山陂。鸟尽良弓藏，谋极身必危。吉凶虽在己，世路多崄巇。安得反初服，抱玉宝六奇。逍遥游太清，携手长相随。

（此即《诗品》所说的“叔夜双鸾”。）

挽 歌

缪 袭

生时游国都，死没弃中野。朝发高堂上，暮宿黄泉下。白日入虞渊，悬车息驷马。造化虽神明，安能复存我。形容稍歇灭，齿发行当堕。自古皆有然，谁能离此者。

拟 古

何 晏

鸿鹄比翼游，群飞戏太清。常恐夭网罗，忧祸一旦并。岂若集五湖，顺流唼浮萍。逍遥放志意，何为怵惕惊。

转蓬去其根，流飘从风移。茫茫四海涂，悠悠焉可弥。愿为浮萍草，托身寄清池。且以乐今日，其后非所知。

浮云翳白日，微风轻尘起。

杂　诗

张　华

晷度随天运，四时互相承。东壁正昏中，涸阴寒节升。繁霜降当夕，悲风中夜兴。朱火青无光，兰膏坐自凝。重衾无暖气，挟纩如怀冰。伏枕终遥昔，寤言莫予应。永思虑崇替，慨然独拊膺。

（此即《诗品》所说的“茂先‘寒夕’”。）

情　诗

张　华

清风动帷帘，晨月照幽房。佳人处遐远，兰室无容光。襟怀拥虚景，轻衾覆空床。居欢惜夜促，在戚怨宵长。拊枕独啸叹，感慨心内伤。

游目四野外，逍遥独延伫。兰蕙缘清渠，繁华荫绿渚。佳人不在兹，取此欲谁与？巢居知风寒，穴处识阴雨。不曾远离别，安知慕俦侣？

杂　诗

傅　玄

志士惜日短，愁人知夜长。摄衣步前庭，仰观南雁翔。淳景随形运，流响归空房。清风何飘飘，微月出西方。繁星依青天，列宿自成行。蝉鸣高树间，野鸟号东厢。纤云时仿佛，渥露沾我裳。良时无停景，北斗忽低昂。常恐寒节至，凝气结为霜。落叶随风摧，一绝如流光。

答傅咸

郭泰机

皦皦白素丝，织为寒女衣。寒女虽妙巧，不得秉杼机。天寒知运速，况复雁南飞。衣工秉刀尺，弃我忽若遗。人不取诸身，世事焉所希。况复已朝餐，曷由知我饥。

（此即《诗品》所说的“‘寒女’之制”。）

苦寒行

陆 机

北游幽朔城，凉野多险难。俯入穷谷底，仰陟高山盘。凝冰结重磵，积雪被长峦。阴雪兴岩侧，悲风鸣树端。不睹白日景，但闻寒鸟喧。猛虎凭林啸，玄猿临岸叹。夕宿乔木下，惨怆恒鲜欢。渴饮坚冰浆，饥待零露餐。离思固已久，寤寐莫与言。剧哉行役人，慊慊恒苦寒。

赴洛道中

陆 机

远游越山川，山川修且广。振策陟崇丘，安辔遵平莽。夕息抱影寐，朝徂衔思往。顿辔倚嵩岩，侧听悲风响。清露坠素辉，明月一何朗。抚枕不能寐，振衣独长想。

拟明月何皎皎

陆　机

安寝北堂上，明月入我牖。照之有余辉，揽之不盈手。凉风绕曲房，寒蝉鸣高柳。踟蹰感节物，我行永已久。游宦会无成，离思难常守。

拟明月皎夜光

陆　机

岁暮凉风发，昊天肃明明。招摇西北指，天汉东南倾。朗月照闲房，蟋蟀吟户庭。翻翻归雁集，嘒嘒寒蝉鸣。畴昔同晏友，翰飞戾高冥。服美改声听，居愉遗旧情。织女无机杼，大梁不架楹。

为顾彦先赠妇往返诗

陆　云

悠悠君行迈，茕茕妾独止。山河安可逾，永路隔万里。京师多妖冶，粲粲都人子。雅步袅纤腰，巧笑发皓齿。佳丽良可美，衰贱焉足纪。远蒙眷顾言，衔恩非望始。

在怀县作

潘　岳

南陆迎修景，朱明送末垂。初伏启新节，隆暑方赫羲。朝想庆云兴，夕迟白日移。挥汗辞中宇，登城临清池。凉飙自远集，轻襟随风吹。灵圃耀华果，通衢列高椅。瓜瓞蔓长苞，姜芋纷广畦。稻栽肃芊芊，黍苗何离离。虚薄乏时用，位微名日卑。驱役宰两邑，政绩竟无施。自我违京辇，四载迄于斯。器非廊庙姿，屡出固其宜。徒怀越鸟志，眷恋想南枝。

春秋代迁逝，四运纷可喜。宠辱易不惊，恋本难为思。我来冰未泮，时暑忽隆炽。感此还期淹，叹彼年往驶。登城望郊甸，游目历朝寺。小国寡民务，终日寂无事。白水过庭激，绿槐夹门植。信美非吾土，祇搅怀归志。眷然顾巩洛，山川邈离异。愿言旋旧乡，畏此简书忌。祇奉社稷守，恪居处职司。

（此即《诗品》所说的“安仁‘倦暑’”。）

悼亡诗

潘　岳

荏苒冬春谢，寒暑忽流易。之子归穷泉，重壤永幽隔。私怀谁克从，淹留亦何益。僶俛恭朝命，回心反初役。望庐思其人，入室想所历。帏屏无仿佛，翰墨有余迹。流芳未及歇，遗挂犹在壁。怅恍如或存，回惶忡惊惕。如彼翰林鸟，双栖一朝只。如彼游川鱼，比目中路析。春风缘隙来，晨溜承檐滴。寝息何时忘，沉忧日盈积。庶几有时衰，庄缶犹可击。

皎皎窗中月，照我室南端。清商应秋至，溽暑随节阑。凛凛凉风升，始觉夏衾单。岂曰无重纩，谁与同岁寒。岁寒无与同，朗月何胧胧。展转眄枕席，长簟竟床空。床空委清尘，室虚来悲风。独无李氏灵，仿佛睹尔容。抚衿长叹息，不觉涕沾胸。沾胸安能已，悲怀从中起。寝兴目存形，遗音犹在耳。上惭东门吴，下愧蒙庄子。赋诗欲言志，此志难具纪。命也可奈何，长戚自令鄙。

迎大驾

潘　尼

南山郁岑崟，洛川迅且急。青松荫修岭，绿蘩被广隰。朝日顺长涂，夕暮无所集。归云乘幰浮，凄风寻帷入。道逢深识士，举手对吾揖。世故尚未夷，崤函方崄涩。狐狸夹两辕，豺狼当路立。翔凤婴笼槛，骐骥见维絷。俎豆昔尝闻，军旅素未习。且少停君驾，徐待干戈戢。

（此即《诗品》所说的"正叔'绿蘩'之章"。）

咏 史

左 思

弱冠弄柔翰，卓荦观群书。著论准《过秦》，作赋拟《子虚》。边城苦鸣镝，羽檄飞京都。虽非甲胄士，畴昔览穰苴。长啸激清风，志若无东吴。铅刀贵一割，梦想骋良图。左眄澄江湘，右盼定羌胡。功成不受爵，长揖归田庐。

郁郁涧底松，离离山上苗。以彼径寸茎，荫此百尺条。世胄蹑高位，英俊沉下僚。地势使之然，由来非一朝。金张藉旧业，七叶珥汉貂。冯公岂不伟，白首不见招。

吾希段干木，偃息藩魏君。吾慕鲁仲连，谈笑却秦军。当世贵不羁，遭难能解纷。功成耻受赏，高节卓不群。临组不肯绁，对珪宁肯分。连玺曜前庭，比之犹浮云。

济济京城内，赫赫王侯居。冠盖荫四术，朱轮竟长衢。朝集金张馆，暮宿许史庐。南邻击钟磬，北里吹笙竽。寂寂杨子宅，门无卿相舆。寥寥空宇中，所讲在玄虚。言论准宣尼，辞赋拟相如。悠悠百世后，英名擅八区。

皓天舒白日，灵景耀神州。列宅紫宫里，飞宇若云浮。峨峨高门内，蔼蔼皆王侯。自非攀龙客，何为欻来游。被褐出阊阖，高步追许由。振衣千仞冈，濯足万里流。

荆轲饮燕市，酒酣气益震。哀歌和渐离，谓若傍无人。虽无壮士节，与世亦殊伦。高眄邈四海，豪右何足陈。贵者虽自贵，视之若埃尘。贱者虽自贱，重之若千钧。

主父宦不达，骨肉还相薄。买臣困樵采，伉俪不安宅。陈平无产业，归来翳负郭。长卿还成都，壁立何寥廓。四贤岂不伟，遗烈光篇籍。当其未遇时，忧在填沟壑。英雄有迍邅，由来自古昔。何世无奇才，遗之在草泽。

习习笼中鸟，举翮触四隅。落落穷巷士，抱影守空庐。出门无通路，枳棘塞中涂。计策弃不收，块若枯池鱼。外望无寸禄，内顾无斗储。亲戚还相蔑，朋友日夜疏。苏秦北游说，李斯西上书。俯仰生荣华，咄嗟复雕枯。饮河期满腹，贵足不愿余。巢林栖一枝，可为达士模。

杂 诗

张 翰

暮春和气应，白日照园林。青条若总翠，黄华如散金。嘉卉亮有观，顾此难久耽。延颈无良涂，顿足托幽深。荣与壮俱去，贱与老相寻。观乐不照颜，惨怆发讴吟。讴吟何嗟及，古人可慰心。

（此即《诗品》所说的“季鹰‘黄华’之唱”。）

七哀诗

张 载

北芒何垒垒，高陵有四五。借问谁家坟，皆云汉世主。恭文遥相望，原陵郁膴膴。季世丧乱起，贼盗如豺虎。毁壤过一抔，便房启幽户。珠柙离玉体，珍宝见剽虏。园寝化为墟，周墉无遗堵。蒙茏荆棘生，蹊径登童竖。狐兔窟其中，芜秽不复扫。颓陇并垦发，萌隶营农圃。昔为万乘君，今为丘中土。感彼雍门言，凄怆哀今古。

杂　诗

张　协

秋夜凉风起，清气荡暄浊。蜻蛚吟阶下，飞蛾拂明烛。君子从远役，佳人守茕独。离居几何时，钻燧忽改木。房栊无行迹，庭草萋以绿。青苔依空墙，蜘蛛网四屋。感物多所怀，沉忧结心曲。

朝霞迎白日，丹气临旸谷。翳翳结繁云，森森散雨足。轻风摧劲草，凝霜竦高木。密叶日夜疏，丛林森如束。畴昔叹时迟，晚节悲年促。

结宇穷冈曲，耦耕幽薮阴。荒庭寂以闲，幽岫峭且深。凄风起东谷，有渰兴南岑。虽无箕毕期，肤寸自成霖。泽雉登垄雊，寒猿拥条吟。溪壑无人迹，荒楚郁萧森。投耒循岸垂，时闻樵采音。重基可拟志，回渊可比心。养真尚无为，道胜贵陆沈。游思竹素园，寄辞翰墨林。

杂　诗

王　赞

朔风动秋草，边马有归心。胡宁久分析，靡靡忽至今。王事离我志，殊隔过商参。昔往鸧鹒鸣，今来蟋蟀吟。人情怀旧乡，客鸟思故林。师涓久不奏，谁能宣我心。

（此即《宋书・谢灵运传论》所说的“朔风”之句。）

征西官属送于陟阳候作

孙　楚

晨风飘歧路，零雨被秋草。倾城远追送，饯我千里道。三命皆有极，咄嗟安可保。莫大于殇子，彭聃犹为夭。吉凶如纠纆，忧喜相纷绕。天地为我垆，万物一何小。达人垂大观，诫此苦不早。乖离即长衢，惆怅盈怀抱。孰能察其心，鉴之以苍昊。齐契在今朝，守之与偕老。

（此即《宋书·谢灵运传论》所说的“子荆零雨”之章。）

重赠卢谌

刘 琨

握中有悬璧，本自荆山璆。惟彼太公望，昔在渭滨叟。邓生何感激，千里来相求。白登幸曲逆，鸿门赖留侯。重耳任五贤，小白相射钩。苟能隆二伯，安问党与仇？中夜抚枕叹，想与数子游。吾衰久矣夫，何其不梦周？谁云圣达节，知命故不忧。宣尼悲获麟，西狩涕孔丘。功业未及建，夕阳忽西流。时哉不我与，去乎若云浮。朱实陨劲风，繁英落素秋。狭路倾华盖，骇驷摧双辀。何意百炼刚，化为绕指柔。

扶风歌

刘 琨

朝发广莫门，暮宿丹水山。左手弯繁弱，右手挥龙渊。顾瞻望宫阙，俯仰御飞轩。据鞍长叹息，泪下如流泉。系马长松下，发鞍高岳头。烈烈悲风起，泠泠涧水流。挥手长相谢，哽咽不能言。浮云为我结，归鸟为我旋。去家日已远，安知存与亡？慷慨穷林中，抱膝独摧藏。麋鹿游我前，猿猴戏我侧。资粮既乏尽，薇蕨安可食？揽辔命徒侣，吟啸绝岩中。君子道微矣，夫子固有穷。惟昔李骞期，寄在匈奴庭。忠信反获罪，汉武不见明。我欲竟此曲，此曲悲且长。弃置勿重陈，重陈令心伤！

览古诗

卢　谌

赵氏有和璧，天下无不传。秦人来求市，厥价徒空言。与之将见卖，不与恐致患。简才备行李，图令国命全。蔺生在下位，缪子称其贤。奉辞驰出境，伏轼径入关。秦王御殿坐，赵使拥节前。挥袂睨金柱，身玉要俱捐。连城既伪往，荆玉亦真还。爰在渑池会，二主克交欢。昭襄欲负力，相如折其端。眦血下沾襟，怒发上冲冠。西缶终双击，东瑟不只弹。舍生岂不易，处死诚独难。棱威章台颠，强御亦不干。屈节邯郸中，俯首忍回轩。廉公何为者，负荆谢厥愆。智勇盖当世，弛张使我叹。

游仙诗

郭　璞

京华游侠窟，山林隐遁栖。朱门何足荣，未若托蓬莱。临源挹清波，陵冈掇丹荑。灵溪可潜盘，安事登云梯。漆园有傲吏，莱氏有逸妻。进则保龙见，退为触藩羝。高蹈风尘外，长揖谢夷齐。

翡翠戏兰苕，容色更相鲜。绿萝结高林，蒙笼盖一山。中有冥寂士，静啸抚清弦。放情凌霄外，嚼蕊挹飞泉。赤松临上游，驾鸿乘紫烟。左挹浮丘袖，右拍洪崖肩。借问蜉蝣辈，宁知龟鹤年。

咏　史

袁　宏

周昌梗概臣，辞达不为讷。汲黯社稷器，栋梁表天骨。陆贾厌解纷，时与酒梼杌。婉转将相门，一言和平勃。趋舍各有之，俱令道不没。

读山海经

陶 潜

孟夏草木长，绕屋树扶疏。众鸟欣有托，吾亦爱吾庐。既耕亦已种，时还读我书。穷巷隔深辙，颇回故人车。欢言酌春酒，摘我园中蔬。微雨从东来，好风与之俱。泛览周王传，流观山海图。俯仰终宇宙，不乐复何如？

拟 古

陶 潜

日暮天无云，春风扇微和。佳人美清夜，达曙酣且歌。歌竟长叹息，持此感人多。皎皎云间月，灼灼叶中华。岂无一时好，不久当如何。

（以上二首即《诗品》所说的“风华清靡，岂直田家语耶”之作。）

归田园居

陶 潜

少无适俗韵，性本爱丘山。误落尘网中，一去三十年。羁鸟恋旧林，池鱼思故渊。开荒南野际，守拙归园田。方宅十余亩，草屋八九间。榆柳荫后檐，桃李罗堂前。暧暧远人村，依依墟里烟。狗吠深巷中，鸡鸣桑树颠。户庭无尘杂，虚室有余闲。久在樊笼里，复得返自然。

野外罕人事，穷巷寡轮鞅。白日掩荆扉，虚室绝尘想。时复墟曲中，披草共来往。相见无杂言，但道桑麻长。桑麻日已长，我土日已广。常恐霜霰至，零落同草莽。

种豆南山下，草盛豆苗稀。晨兴理荒秽，带月荷锄归。道狭草木长，夕露沾我衣。衣沾不足惜，但使愿无违。

乞食

陶 潜

饥来驱我去，不知竟何之。行行至斯里，叩门拙言辞。主人解余意，遗赠岂虚来。谈谐终日夕，觞至辄倾杯。情欣新知欢，言咏遂赋诗。感子漂母惠，愧我非韩才。衔戢知何谢，冥报以相贻。

移居

陶 潜

昔欲居南村，非为卜其宅。闻多素心人，乐与数晨夕。怀此颇有年，今日从兹役。敝庐何必广，取足蔽床席。邻曲时时来，抗言谈在昔。奇文共欣赏，疑义相与析。

春秋多佳日，登高赋新诗。过门更相呼，有酒斟酌之。农务各自归，闲暇辄相思。相思则披衣，言笑无厌时。此理将不胜？无为忽去兹。衣食当须纪，力耕不吾欺。

辛丑岁七月赴假还江陵夜行涂口一首

陶 潜

闲居三十载，遂与尘事冥。诗书敦宿好，林园无世情。如何舍此去，遥遥至南荆！叩枻新秋月，临流别友生。凉风起将夕，夜景湛虚明。昭昭天宇阔，皛皛川上平。怀役不遑寐，中宵尚孤征。商歌非吾事，依依在耦耕。投冠旋旧墟，不为好爵萦。养真衡茅下，庶以善自名。

饮　酒

陶　潜

结庐在人境，而无车马喧。问君何能尔？心远地自偏。采菊东篱下，悠然见南山。山气日夕佳，飞鸟相与还。此中有真意，欲辨已忘言。

责　子

陶　潜

白发被两鬓，肌肤不复实。虽有五男儿，总不好纸笔。阿舒已二八，懒惰故无匹。阿宣行志学，而不爱文术。雍端年十三，不识六与七。通子垂九龄，但觅梨与栗。天运苟如此，且进杯中物。

挽歌诗

陶　潜

荒草何茫茫，白杨亦萧萧。严霜九月中，送我出远郊。四面无人居，高坟正嶕峣。马为仰天鸣，风为自萧条。幽室一已闭，千年不复朝。千年不复朝，贤达无奈何。向来相送人，各自还其家。亲戚或余悲，他人亦已歌。死去何所道，托体同山阿。

咏贫士

陶　潜

万族各有托，孤云独无依。暧暧空中灭，何时见余晖。朝霞开宿雾，众鸟相与飞。迟迟出林翮，未夕复来归。量力守故辙，岂不寒与饥？知音苟不存，已矣何所悲。

凄厉岁云暮，拥褐曝前轩。南圃无遗秀，枯条盈北园。倾壶绝余沥，窥灶不见烟。诗书塞座外，日昃不遑研。闲居非陈厄，窃有愠见言。何以慰我怀，赖古多此贤。

荣叟老带索，欣然方弹琴。原生纳决履，清歌畅商音。重华去我久，贫士世相寻。弊襟不掩肘，藜羹常乏斟。岂忘袭轻裘，苟得非所钦。赐也徒能辨，乃不见吾心。

登池上楼

谢灵运

潜虬媚幽姿，飞鸿响远音。薄霄愧云浮，栖川怍渊沉。进德智所拙，退耕力不任。徇禄反穷海，卧疴对空林。衾枕昧节候，褰开暂窥临。倾耳聆波澜，举目眺岖嵚。初景革绪风，新阳改故阴。池塘生春草，园柳变鸣禽。祁祁伤豳歌，萋萋感楚吟。索居易永久，离群难处心。持操岂独古，无闷征在今。

游南亭

谢灵运

时竟夕澄霁，云归日西驰。密林含余清，远峰隐半规。久痗昏垫苦，旅馆眺郊歧。泽兰渐被径，芙蓉始发池。未厌青春好，已睹朱明移。戚戚感物叹，星星白发垂。乐饵情所止，衰疾忽在斯。逝将候秋水，息景堰旧崖。我志谁与亮？赏心惟良知。

游赤石进帆海

谢灵运

首夏犹清和，芳草亦未歇。水宿淹晨暮，阴霞屡兴没。周览倦瀛壖，况乃陵穷发。川后时安流，天吴静不发。扬帆采石华，挂席拾海月。溟涨无端倪，虚舟有超越。仲连轻齐组，子牟眷魏阙。矜名道不足，适己物可忽。请附任公言，终然谢天伐。

石壁精舍还湖中作

谢灵运

昏旦变气候，山水含清晖。清晖能娱人，游子憺忘归。出谷日尚早，入舟阳已微。林壑敛暝色，云霞收夕霏。芰荷迭映蔚，蒲稗相因依。披拂趋南径，愉悦偃东扉。虑澹物自轻，意惬理无违。寄言摄生客，试用此道推。

七里濑

谢灵运

羁心积秋晨，晨积展游眺。孤客伤逝湍，徒旅苦奔峭。石浅水潺湲，日落山照曜。荒林纷沃若，哀禽相叫啸。遭物悼迁斥，存期得要妙。既秉上皇心，岂屑末代诮。目睹严子濑，想属任公钓。谁谓古今殊，异代可同调。

登江中孤屿

谢灵运

江南倦历览，江北旷周旋。怀新道转迴，寻异景不延。乱流趋正绝，孤屿媚中川。云日相辉映，空水共澄鲜。表灵物莫赏，蕴真谁为传。想象昆山姿，缅邈区中缘。始信安期术，得尽养生年。

岁 暮

谢灵运

殷忧不能寐，苦此夜难颓。明月照积雪，朔风劲且哀。运往无淹物，年逝觉已催。

（此即《诗品》所说的“明月照积雪”。）

拟魏太子邺中集诗

谢灵运

百川赴巨海，众星环北辰。照灼烂霄汉，遥裔起长津。天地中横溃，家王拯生民。区宇既涤荡，群英必来臻。忝此钦贤性，由来常怀仁。况值众君子，倾心隆日新。论物靡浮说，析理实敷陈。罗缕岂阙辞？窈窕究天人。澄觞满金罍，连榻设华茵。急弦动飞听，清歌拂梁尘。何言相遇易，此欢信可珍。

（此即《诗品》所说的“灵运《邺中》”之一。）

北使洛

颜延年

改服饬徒旅，首路局险艰。振楫发吴洲，秣马陵楚山。途出梁宋郊，道由周郑间。前登阳城路，日夕望三川。在昔辍期运，经始阔圣贤。伊瀔绝津济，台馆无尺椽。宫陛多巢穴，城阙生云烟。王猷升八表，嗟行方暮年。阴风振凉野，飞云瞀穷天。临途未及引，置酒惨无言。隐悯徒御悲，威迟良马烦。游役去芳时，归来屡徂愆。蓬心既已矣，飞薄殊亦然。

（此即《诗品》所说的“颜延‘入洛’”。）

捣衣诗

谢惠连

衡纪无淹度，晷运倏如催。白露滋园菊，秋风落庭槐。肃肃莎鸡羽，烈烈寒螀啼。夕阴结空幕，宵月皓中闺。美人戒裳服，端饰相招携。簪玉出北房，鸣金步南阶。栏高砧响发，楹长杵声哀。微芳起两袖，轻汗染双题。纨素既已成，君子行未归。裁用笥中刀，缝为万里衣。盈箧自余手，幽缄俟君开。腰带准畴昔，不知今是非。

秋 怀

谢惠连

平生无志意，少小婴忧患。如何乘苦心，矧复值秋晏。皎皎天月明，弈弈河宿烂。萧瑟含风蝉，寥唳度云雁。寒商动清闺，孤灯暖幽幔。耿介繁虑积，展转长宵半。夷险难豫谋，倚伏昧前算。虽好相如达，不同长卿慢。颇悦郑生偃，无取白衣宦。未知古人心，且从性所玩。宾至可命觞，朋来当染翰。高台骤登践，清浅时陵乱。颓魄不再圆，倾羲无两旦。金石终消毁，丹青暂雕焕。各勉玄发欢，无贻白首叹。因歌遂成赋，聊用布亲串。

东武吟

鲍 照

主人且勿喧，贱子歌一言。仆本寒乡士，出身蒙汉恩。始随张校尉，召募到河源。后逐李轻车，追虏出塞垣。密途亘万里，宁岁犹七奔。肌力尽鞍甲，心思历凉温。将军既下世，部曲亦罕存。时事一朝异，孤绩谁复论。少壮辞家去，穷老还入门。腰镰刈葵藿，倚杖牧鸡豚。昔如鞲上鹰，今似槛中猿。徒结千载恨，空负百年怨。弃席思君幄，疲马恋君轩。愿垂晋主惠，不愧田子魂。

代出自蓟北门行

鲍　照

羽檄起边亭，烽火入咸阳。征师屯广武，分兵救朔方。严秋筋竿劲，虏阵精且强。天子按剑怒，使者遥相望。雁行缘石径，鱼贯度飞梁。箫鼓流汉思，旌甲被胡霜。疾风冲塞起，沙砾自飘扬。马毛缩如猬，角弓不可张。时危见臣节，世乱识忠良。投躯报明主，身死为国殇。

代结客少年场行

鲍　照

骢马金络头，锦带佩吴钩。失意杯酒间，白刃起相仇。追兵一旦至，负剑远行游。去乡三十载，复得还旧丘。升高临四关，表里望皇州。九衢平若水，双阙似云浮。扶宫罗将相，夹道列王侯。日中市朝满，车马若川流。击钟陈鼎食，方驾自相求。今我独何为，坎壈怀百忧？

（此即《诗品》所说的“师鲍照，终不及‘日中市朝满’”。）

放歌行

鲍　照

蓼虫避葵堇，习苦不言非。小人自龌龊，安知旷士怀。鸡鸣洛城里，禁门平旦开。冠盖纵横至，车骑四方来。素带曳长飙，华缨结远埃。日中安能止，钟鸣犹未归。夷世不可逢，贤君信爱才。明虑自天断，不受外嫌猜。一言分珪爵，片善辞草莱。岂伊白璧赐，将起黄金台。今君有何疾，临路独迟回。

苦热行

鲍 照

赤阪横西阻，火山赫南威。身热头且痛，鸟坠魂来归。汤泉发云潭，焦烟起石圻。日月有恒昏，雨露未尝晞。丹蛇逾百尺，玄蜂盈十围。含沙射流影，吹蛊病行晖。瘴气昼熏体，菵露夜沾衣。饥猿莫下食，晨禽不敢飞。毒泾尚多死，度泸宁具腓。生躯蹈死地，昌志登祸机。戈船荣既薄，伏波赏亦微。爵轻君尚惜，士重安可希。

咏 史

鲍 照

五都矜财雄，三川养声利。百金不市死，明经有高位。京城十二衢，飞甍各鳞次。仕子彯华缨，游客竦轻辔。明星晨未晞，轩盖已云至。宾御纷飒沓，鞍马光照地。寒暑在一时，繁华及春媚。君平独寂寞，身世两相弃。

拟 古

鲍 照

束薪幽篁里，刈黍寒涧阴。朔风伤我肌，号鸟惊思心。岁暮井赋讫，程课相追寻。田租送函谷，兽藁输上林。河渭冰未开，关陇雪正深。笞击官有罚，呵辱吏见侵。不谓乘轩意，伏枥还至今。

赠傅都曹别

鲍 照

轻鸿戏江潭，孤雁集洲沚。邂逅两相亲，缘念共无已。风雨好东西，一隔顿万里。追忆栖宿时，声容满心耳。落日川渚寒，愁云绕天起。短翮不能翔，徘徊烟雾里。

陵峰采药触兴为诗

帛道猷

连峰数千里，修林带平津。云过远山翳，风至梗荒榛。茅茨隐不见，鸡鸣知有人。间步践其径，处处见遗薪。始知百代下，故有上皇民。开此无事迹，以待竦俗宾。长啸自林际，归此保天真。

新亭渚别范零陵云

谢 朓

洞庭张乐地，潇湘帝子游。云去苍梧野，水还江汉流。停骖我怅望，辍棹子夷犹。广平听方籍，茂陵将见求。心事俱已矣，江上徒离忧。

暂使下都夜发新林至京邑赠西府同僚

谢 朓

大江流日夜，客心悲未央。徒念关山近，终知反路长。秋河曙耿耿，寒渚夜苍苍。引领见京室，宫雉正相望。金波丽鳷鹊，玉绳低建章。驱车鼎门外，思见昭丘阳。驰晖不可接，何况隔两乡？风云有鸟路，江汉限无梁。常恐鹰隼击，时菊委严霜。寄言罻罗者，寥廓已高翔。

之宣城郡出新林浦向板桥

谢 朓

江路西南永，归流东北骛。天际识归舟，云中辨江树。旅思倦摇摇，孤游昔已屡。既欢怀禄情，复协沧洲趣。嚣尘自兹隔，赏心于此遇。虽无玄豹姿，终隐南山雾。

晚登三山还望京邑

谢 朓

灞涘望长安，河阳视京县。白日丽飞甍，参差皆可见。余霞散成绮，澄江静如练。喧鸟覆春洲，杂英满芳甸。去矣方滞淫，怀哉罢欢宴。佳期怅何许，泪下如流霰。有情知望乡，谁能鬒不变？

游东田

谢 朓

戚戚苦无悰，携手共行乐。寻云陟累榭，随山望菌阁。远树暖阡阡，生烟纷漠漠。鱼戏新荷动，鸟散余花落。不对芳春酒，还望青山郭。

游敬亭山

谢 朓

兹山亘百里，合沓与云齐。隐沦既已托，灵异俱然栖。上干蔽白日，下属带回溪。交藤荒且蔓，樛枝耸复低。独鹤方朝唳，饥鼯此夜啼。澿云已漫漫，夕雨亦凄凄。我行虽纡组，兼得寻幽蹊。缘源殊未极，归径窅如迷。要欲追奇趣，即此陵丹梯。皇恩既已矣，兹理庶无睽。

同王主簿有所思

谢　朓

佳期期未归，望望下鸣机。徘徊东陌上，月出行人稀。

王孙游

谢　朓

绿草蔓如丝，杂树红英发。无论君不归，君归芳已歇。

玉阶怨

谢　朓

夕殿下珠帘，流萤飞复息。长夜缝罗衣，思君此何极。

陶征君潜田居

江　淹

种苗在东皋，苗生满阡陌。虽有荷锄倦，浊酒聊自适。日暮巾柴车，路暗光已夕。归人望烟火，稚子候檐隙。问君亦何为，百年会有役。但愿桑麻成，蚕月得纺绩。素心正如此，开径望三益。

拟客从远方来

鲍令晖

客从远方来，赠我漆鸣琴。木有相思文，弦有别离音。终身执此调，岁寒不改心。愿作阳春曲，宫商长相寻。

白马篇

孔稚珪

骥子局且鸣，铁阵与云平。汉家嫖姚将，驰突匈奴庭。少年斗猛气，怒发为君征。雄戟摩白日，长剑断流星。早出飞狐塞，晚泊楼烦城。虏骑四山合，胡尘千里惊。嘶笳振地响，吹角沸天声。左碎呼韩阵，右破休屠兵。横行绝漠表，饮马瀚海清。陇树枯无色，沙草不常青。勒石燕然道，凯归长安亭。县官知我健，四海谁不倾。但使强胡灭，何须甲第成。当令丈夫志，独为上古英。

赠张徐州谡

范 云

田家樵采去，薄暮方来归。还闻稚子说，有客款柴扉。傧从皆珠玳，裘马悉轻肥。轩盖照墟落，传瑞生光辉。疑是徐方牧，既是复疑非。思旧昔言有，此道今已微。物情弃疵贱，何独顾衡闱？恨不具鸡黍，得与故人挥。怀情徒草草，泪下空霏霏。寄书云间雁，为我西北飞。

旦发渔浦潭

丘 迟

渔潭雾未开，赤亭风已飏。棹歌发中流，鸣鞞响沓障。村童忽相聚，野老时一望。诡怪石异象，嶄绝峰殊状。森森荒树齐，析析寒沙涨。藤垂岛易陟，崖倾屿难傍。信是永幽栖，岂徒暂清旷。坐啸昔有委，卧治今可尚。

石塘濑听猿

沈 约

噭噭夜猿鸣，溶溶晨雾合。不知声远近，惟见山重沓。既欢东岭唱，复伫西岩答。

早发定山

沈约

夙龄爱远壑，晚莅见奇山。标峰彩虹外，置岭白云间。倾壁忽斜竖，绝顶复孤圆。归海流漫漫，出浦水溅溅。野棠开未落，山樱发欲然。忘归属兰杜，怀禄寄芳荃。眷言采三秀，徘徊望九仙。

咏霍将军北伐

虞 羲

拥旄为汉将，汗马出长城。长城地势险，万里与云平。凉秋八九月，虏骑入幽并。飞狐白日晚，瀚海愁云生。羽书时断绝，刁斗昼夜惊。乘墉挥宝剑，蔽日引高旍。云屯七萃士，鱼丽六郡兵。胡笳关下思，羌笛陇头鸣。骨都先自詟，日逐次亡精。玉门罢斥候，甲第始修营。位登万庾积，功立百行成。天长地自久，人道有亏盈。未穷激楚乐，已见高台倾。当令麟阁上，千载有雄名！

三、《二十四诗品》（司空图）、《续诗品》（袁枚）

《二十四诗品》

《二十四诗品》，旧题唐司空图撰，今人或疑出于依托。一卷。其主要论述诗歌风格，又名《诗品二十四则》，通过二十四首四言诗的形式，系统地探讨和阐述了诗歌创作中的美学风格与意境。每一品都用十二句四言诗句来描述一种诗歌风格或境界，共计涵盖了二十四种不同的艺术风格，包括雄浑、冲淡、纤秾、沉着、高古、典雅、洗炼、劲健、绮丽、自然、含蓄、豪放、精神、缜密、疏野、清奇、委曲、实境、悲慨、形容、超诣、飘逸、旷达、流动。

论诗文而品评风格，曹丕《典论·论文》、陆机《文赋》及刘勰《文心雕龙·体性》已开其端。本书加以发展，区分更为细密。所论强调冲淡，追慕玄远。今人有《诗品集解》。

司空图（837—908），字表圣，河中（治今山西永济西）人。咸通进士，官至知制诰、中书舍人。后隐居中条山王官谷，自号知非子、耐辱居士。其诗多表现闲适生活情趣。论诗重视“味外之旨”和“韵外之致”，对后代严羽、王士禛等人的诗论颇有影响。《二十四诗品》题其所撰，今人考订为依托之作。有《司空表圣文集》（即《一鸣集》）。又有《司空表圣诗集》，系明胡震亨编《唐音统签》时所辑。

司空图在刘勰等前人基础上，发挥自己作为诗人兼诗论家的双重优势，在抽象思辨和具体示范方面都有所建树。尤其值得一提的是，他突破了以往诗学关注现实内容及其作用的传统，将重心转移到研究诗歌艺术风格上来，将“味”提升为一个纯粹的艺术审美概念，并且确立了“辨味”这一中国美学及诗学的基本范畴和特殊方法。

《二十四诗品》继承并发展了前人的美学思想，强调自然淡远的审美情趣，对后世的诗歌创作、评论以及欣赏有着深远的影响。此书不仅是中国古代文学批评史上的重要文献，也是理解唐代乃至整个中国古典诗歌美学风格的关键著作。

雄浑

大用外腓，真体内充。反虚入浑，积健为雄。具备万物，横绝太空。荒荒油云，寥寥长风。超以象外，得其环中。持之匪强，来之无穷。

冲淡

素处以默，妙机其微。饮之太和，独鹤与飞。犹之惠风，荏苒在衣。阅音修篁，美曰载归。遇之匪深，即之愈希。脱有形似，握手已违。

纤秾

采采流水，蓬蓬远春。窈窕幽谷，时见美人。碧桃满树，风日水滨。柳阴路曲，流莺比邻。乘之愈往，识之愈真。如将不尽，与古为新。

沉着

绿林野屋，落日气清。脱巾独步，时闻鸟声。鸿雁不来，之子远行。所思不远，若为平生。海风碧云，夜渚月明。如有佳语，大河前横。

高 古

畸人乘真，手把芙蓉。泛彼浩劫，窅然空踪。月出东斗，好风相从。太华夜碧，人闻清钟。虚伫神素，脱然畦封。黄唐在独，落落玄宗。

典 雅

玉壶买春，赏雨茅屋。坐中佳士，左右修竹。白云初晴，幽鸟相逐。眠琴绿阴，上有飞瀑。落花无言，人淡如菊。书之岁华，其曰可读。

洗 炼

如矿出金，如铅出银。超心炼冶，绝爱缁磷。空潭泻春，古镜照神。体素储洁，乘月返真。载瞻星辰，载歌幽人。流水今日，明月前身。

劲 健

行神如空，行气如虹。巫峡千寻，走云连风。饮真茹强，蓄素守中。喻彼行健，是谓存雄。天地与立，神化攸同。期之以实，御之以终。

绮　丽

神存富贵，始轻黄金。浓尽必枯，淡者屡深。雾余水畔，红杏在林。月明华屋，画桥碧阴。金尊酒满，伴客弹琴。取之自足，良殚美襟。

自　然

俯拾即是，不取诸邻。俱道适往，着手成春。如逢花开，如瞻岁新。真与不夺，强得易贫。幽人空山，过雨采蘋。薄言情悟，悠悠天钧。

含　蓄

不着一字，尽得风流。语不涉难，若不堪忧。是有真宰，与之沉浮。如渌满酒，花时反秋。悠悠空尘，忽忽海沤。浅深聚散，万取一收。

豪　放

观化匪禁，吞吐大荒。由道反气，处得以狂。天风浪浪，海山苍苍。真力弥满，万象在旁。前招三辰，后引凤凰。晓策六鳌，濯足扶桑。

精　神

欲返不尽，相期与来。明漪绝底，奇花初胎。青春鹦鹉，杨柳楼台。碧山人来，清酒深杯。生气远出，不着死灰。妙造自然，伊谁与裁。

缜 密

是有真迹，如不可知。意象欲出，造化已奇。水流花开，清露未晞。要路愈远，幽行为迟。语不欲犯，思不欲痴。犹春于绿，明月雪时。

疏 野

惟性所宅，真取弗羁。控物自富，与率为期。筑室松下，脱帽看诗。但知旦暮，不辨何时。倘然适意，岂必有为。若其天放，如是得之。

清 奇

娟娟群松，下有漪流。晴雪满汀，隔溪渔舟。可人如玉，步屧寻幽。载瞻载止，空碧悠悠。神出古异，淡不可收。如月之曙，如气之秋。

委 曲

登彼太行，翠绕羊肠。杳霭流玉，悠悠花香。力之于时，声之于羌。似往已回，如幽匪藏。水理漩洑，鹏风翱翔。道不自器，与之圆方。

实 境

取语甚直，计思匪深。忽逢幽人，如见道心。清涧之曲，碧松之阴。一客荷樵，一客听琴。情性所至，妙不自寻。遇之自天，泠然希音。

悲 慨

大风卷水，林木为摧。意苦欲死，招憩不来。百岁如流，富贵冷灰。大道日丧，若为雄才。壮士拂剑，浩然弥哀。萧萧落叶，漏雨苍苔。

形 容

绝伫灵素，少回清真。如觅水影，如写阳春。风云变态，花草精神。海之波澜，山之嶙峋。俱似大道，妙契同尘。离形得似，庶几斯人。

超 诣

匪神之灵，匪机之微。如将白云，清风与归。远引若至，临之已非。少有道契，终与俗违。乱山乔木，碧苔芳晖。诵之思之，其声愈希。

飘 逸

落落欲往，矫矫不群。缑山之鹤，华顶之云。高人惠中，令色氤氲。御风蓬叶，泛彼无垠。如不可执，如将有闻。识者期之，欲得愈分。

旷 达

生者百岁，相去几何。欢乐苦短，忧愁实多。何如尊酒，日往烟萝。花覆茅檐，疏雨相过。倒酒既尽，杖藜行歌。孰不有古，南山峨峨。

流 动

若纳水輨，如转丸珠。夫岂可道，假体如愚。荒荒坤轴，悠悠天枢。载要其端，载同其符。超超神明，返返冥无。来往千载，是之谓乎。

《续诗品》

《续诗品》，清代著名文学家、诗人袁枚著。袁枚自称是续唐司空图《二十四诗品》而作，《二十四诗品》有二十四则，《续诗品》有三十二则。其顺序如下：崇意、精思、博习、相题、选材、用笔、理气、布格、择韵、尚识、振采、结响、取径、知难、葆真、安雅、空行、固存、辨微、澄滓、斋心、矜严、藏拙、神悟、即景、勇改、着我、戒偏、割忍、求友、拔萃、灭迹。每条均为四言十二句，以韵语形式表达了他的诗学观点。

袁枚谓“余爱司空表圣《诗品》，而惜其只标妙境，未写苦心，为若干首续之”，即司空图论风格意境，他论作诗甘苦。但从其三十二则观之，亦不尽然。书中以“崇意”为首，“灭迹”作结；论甘苦中又涉及诗的作法规则，如“神悟”云：“鸟啼花落，皆与神通。人不能悟，付之飘风。”又“着我”云：“不学古人，法无一可。竟似古人，何处着我？字字古有，言言古无。吐故吸新，其庶几乎？”这与他在《随园诗话》中所持观点一致。

袁枚（1716—1798），字子才，号简斋、随园，浙江钱塘（今杭州）人。乾隆进士，历任溧水、江浦、沭阳、江宁知县。辞官后侨居江宁，筑园林于小仓山。论诗主“性灵说”，强调“性情以外本无诗”，对于程朱理学和儒家“诗教”多所抨击，宣称“《六经》尽糟粕”。诗多写“自得之性情”，以新颖灵巧见长而独具个性。与赵翼、蒋士铨并称为“乾隆三大家”。又善文，骈散兼工。亦能作小说。著作宏富，有《小仓山房集》《随园诗话》《子不语》等。

《续诗品》是袁枚对司空图《二十四诗品》的一次继承和发展，不仅涉及诗歌的风格、意境、情感表达等方面，还强调了创作中个性与创新的重要性，体现了袁枚“性灵说”的核心思想。

崇　意

虞舜教夔，曰“诗言志”。何今之人，多辞寡意？意似主人，辞如奴婢。主弱奴强，呼之不至。穿贯无绳，散钱委地。开千枝花，一本所系。

精　思

疾行善步，两不能全。暴长之物，其亡忽焉。文不加点，兴到语耳。孔明天才，思十反矣。惟思之精，屈曲超迈。人居屋中，我来天外。

博习

万卷山积，一篇吟成。诗之与书，有情无情。钟鼓非乐，舍之何鸣？易牙善烹，先羞百牲。不从糟粕，安得精英！曰“不关学”，终非正声。

相题

古人诗易，门户独开。今人诗难，群题纷来。专习一家，硁硁小哉！宜善相之，多师为佳。地殊景光，人各身分。天女量衣，不差尺寸。

选材

用一僻典，如请生客。如何选材，而可不择？古香时艳，各有攸宜。所宜之中，且争毫厘。锦非不佳，不可为帽。金貂满堂，狗来必笑。

用笔

思苦而晦，丝不成绳。书多而壅，膏乃灭灯。焚香再拜，拜笔一枝。星月驱使，华岳奔驰。能刚能柔，忽敛忽纵。笔岂能然？惟吾所用。

理气

吹气不同，油然浩然。要其盘旋，总在笔先。汤汤来潮，缕缕腾烟。有余于物，物自浮焉。如其客气，冉猛必颠。无万里风，莫乘海船。

布 格

造屋先画，点兵先派。诗虽百家，各有疆界。我用何格，如盘走丸。横斜操纵，不出于盘。消息机关，按之甚细。一律未调，八风扫地。

择 韵

酱百二瓮，帝岂尽甘？韵八千字，人何乱探。次韵自系，叠韵无味，斗险贪多，偶然游戏。勿瓦缶撞，而铜山鸣。食鸡取跖，烹鱼去丁。

尚 识

学如弓弩，才中箭镞。识以领之，方能中鹄。善学邯郸，莫失故步。善求仙方，不为药误。我有禅灯，独照独知。不取亦取，虽师勿师。

振 采

明珠非白，精金非黄。美人当前，烂如朝阳。虽抱仙骨，亦由严妆。匪沐何洁？非熏何香？西施蓬发，终竟不臧。若非华羽，曷别凤皇！

结　响

金先于石，余响较多。竹不如肉，为其音和。诗本乐章，按节当歌。将断必续，如往复过。箫来天霜，琴生海波。三日绕梁，我思韩娥。

取　径

揉直使曲，叠单使复。山爱武夷，为游不足。扰扰阛阓，纷纷人行。一览而竟，倦心齐生。幽径蚕丛，是谁开创？千秋过者，犹祀其像。

知　难

赵括小儿，兵乃易用。充国晚年，愈加持重。问所由然，知与不知。知味难食，知脉难医。如此千秋，万手齐抗。谈何容易？着墨纸上。

葆　真

貌有不足，敷粉施朱。才有不足，征典求书。古人文章，俱非得已。伪笑佯哀，吾其优矣。画美无宠，绘兰无香。揆厥所由，君形者亡。

安　雅

虽真不雅，庸奴叱咤。悖矣曾规，野哉孔骂。君子不然，芳花当齿。言必先王，左图右史。沈夸征栗，刘怯题糕。想见古人，射古为招。

空　行

钟厚必哑，耳塞必聋。万古不坏，其惟虚空。诗人之笔，列子之风。离之愈远，即之弥工。仪神黜貌，借西摇东。不阶尺水，斯名应龙。

固　存

酒薄易酸，栋挠易动。固而存之，骨欲其重。视民不佻，沉沉为王。八十万人，九鼎始扛。重而能行，乘百斛舟。重而不行，猴骑土牛。

辨　微

是新非纤，是淡非枯。是朴非拙，是健非粗。急宜判分，毫厘千里。勿混淄渑，勿眩朱紫。戒之戒之！贤智之过。老手颓唐，才人胆大。

澄　滓

描诗者多，作诗者少。其故云何？渣滓不扫。糟去酒清，肉去洎馈。宁可不吟，不可附会。大官筵馔，何必横陈！老生常谈，嚼蜡难闻。

斋 心

诗如鼓琴，声声见心。心为人籁，诚中形外。我心清妥，语无烟火。我心缠绵，读者泫然。禅偈非佛，理障非儒。心之孔嘉，其言蔼如。

矜 严

贵人举止，咳唾生风。优昙花开，半刻而终。我饮仙露，何必千钟？寸铁杀人，宁非英雄？博极而约，淡蕴于浓。若徒尜豲，非浮邱翁。

藏 拙

昼赢宵缩，天不两隆。如何弱手，好弯强弓。因謇徐言，因跛缓步。善藏其拙，巧乃益露。右师取败，敌必当王。霍王无短，是以无长。

神 悟

鸟啼花落，皆与神通。人不能悟，付之飘风。惟我诗人，众妙扶智。但见性情，不着文字。宣尼偶过，童歌沧浪。闻之欣然，示我周行。

即 景

混元运物，流而不住。迎之未来，揽之已去。诗如化工，即景成趣。逝者如斯，有新无故。因物赋形，随景换步。彼胶柱者，将朝认暮。

勇　改

千招不来，仓猝忽至。十年矜宠，一朝捐弃。人贵知足，惟学不然。人功不竭，天巧不传。知一重非，进一重境。亦有生金，一铸而定。

着　我

不学古人，法无一可。竟似古人，何处着我？字字古有，言言古无。吐故吸新，其庶几乎？孟学孔子，孔学周公。三人文章，颇不相同。

戒　偏

抱杜尊韩，托足权门。苦守陶韦，贫贱骄人。偏则成魔，分唐界宋。霹雳一声，邹鲁不哄。江海虽大，岂无潇湘？突厦自幽，亦须庙堂。

割　忍

叶多花蔽，词多语费，割之为佳，非忍不济。骊龙选珠，颗颗明丽。深夜九渊，一取万弃。知熟必避，知生必避。人人意中，出人头地。

求 友

游山先问，参禅贵印。闭门自高，吾斯未信。圣求童蒙，而况于我？低棋偶然，一着颇可。临池正领，倚镜装花。笑倩傍人，是耶非耶？

拔 萃

同锵玉佩，独姣宋朝。同歌《苕花》，独美孟姚。拔乎其萃，神理超超。布帛菽粟，终逊琼瑶。《折杨》《皇荂》，敢望《钧》《韶》。请披彩衣，飞入丹霄。

灭 迹

织锦有迹，岂曰蕙娘？修月无痕，乃号吴刚。白傅改诗，不留一字。今读其诗，平平无异。意深词浅，思苦言甘。寥寥千年，此妙谁探？